Mr. WILLIAM
SHAKESPEARE

폭풍우
The Tempest

국립중앙도서관 출판시도서목록(CIP)

폭풍우 / 셰익스피어 지음 ; 김정환 옮김. — 서울 : 아침이슬, 2008
    p. ;   cm. — (셰익스피어 전집 ; 5)

원표제: The Tempest
원저자명: William Shakespeare
영어 원작을 한국어로 번역
ISBN 978-89-88996-87-4 04840 : ₩10000
ISBN 978-89-88996-82-9(세트)

영국 희곡〔英國戱曲〕

842-KDC4
822.33-DDC21   CIP2008001652

폭풍우
The Tempest

셰익스피어 지음 | 김정환 옮김

일러두기

운문과 산문 구분을 명확히 했고, 행갈이를 원문과 똑같이 맞추었다. 각 작품을 잘 쓰인
시집 한 권 대하듯 읽으면 적당할 것이다.

등장인물

프로스페로 적법한 밀라노 공작

미란다 프로스페로의 딸

안토니오 프로스페로의 동생, 찬탈한 밀라노 공작

알론소 나폴리 왕

세바스찬 알론소의 동생

페르디난드 알론소의 아들

곤잘로 정직하고 나이 든 나폴리 원로

아드리안
프란치스코 ⌉ 신하들

에어리엘 프로스페로의 시중을 드는 공기 정령

칼리반 야만적이고 몰골이 흉한 섬 토착민, 프로스페로의 노예

트린쿨로 알론소의 광대

스테파노 알론소의 술주정뱅이 집사

선장

갑판장

선원들

정령들

　볼거리에 등장하는 정령들

이리스

케레스

주노

요정들

추수하는 사람들

대사에 나오는 외국 명

주피터 로마 신화 최고신

넵튠 로마 신화 바다의 신

디도 에네아스 일행이 카르타고에 도착했을 때 따듯하게 맞아 주고 에네아스를 사랑
했으나 끝내 버림받는 카르타고 여왕

하피 여자 얼굴에 독수리 몸을 한 괴물

히멘 그리스 신화 결혼의 신

포이보스 태양 신 아폴론의 별명

케레스 로마 신화 대지의 여신

주노 로마 신화 최고신 주피터의 아내

이리스 그리스 신화 무지개 여신

비너스 로마 신화 미와 사랑의 여신

디스 로마 신화에서 플루토로도 불리는 저승의 신

마르스 로마 신화의 군신

파포스 피그말리온과 조각상 사이에서 태어난 파포스의 아들이 세운, 키프로스 서쪽
해안의 도시

제1막

너그러운 운명의 여신이 이제 나를 사랑하여,
내 적들을 이 섬 해안으로 데려왔다.

1막 1장
바다 위 한 선박

폭풍우를 동반하는 천둥 번개 소리
선장과 갑판장 각각 다른 문으로 등장

선장 갑판장!
갑판장 예, 선장님. 부르셨습니까?
선장 빨리, 선원들에게 이르게. 빨리 드잡지 않으면, 좌초한다구.
　　움직여, 움직여! [퇴장]

　　선원들 등장

갑판장 어이, 여보게들! 기운 내, 기운을 내, 여보게들!
　　빨리, 빨리! 중간 돛을 내려! 선장님 호각 소리 살펴 듣고!—
　　바람이 스스로 갈라질 수도 있는데, 공간만 충분하면.

　　알론소, 세바스찬, 안토니오, 페르디난드, 곤잘로, 그리고 다른
　　사람들 등장

알론소 갑판장, 조심하게. 선장은 어딨나?
　　[선원들에게] 사내답게 굴라!
갑판장 제발, 내려가 계십시오.
안토니오 선장은 어딨냐니까, 갑판장?

갑판장 저기 소리 지르고 계신 거 안 보입니까? 작업에 방해됩니다. 선실에 계세요, 폭풍우를 돕고 계시는 거라구요.

곤잘로 어허, 자네, 진정하게.

갑판장 바다가 진정해야 말이죠. 가세요! 이 으르렁대는 자들한테 왕이라는 명칭이 무슨 소용이오? 선실로 가요! 입 다무세요, 우릴 귀찮게 말라구요.

곤잘로 좋네, 하지만 이 배에 어떤 분이 타셨는가 잊지 말게.

갑판장 누가 탔단들 내 한 목숨보다 소중할까. 당신 높은 양반이라며, 이 폭풍우더러 조용하라 명하여 현 사태를 진정시킬 수 있으면, 밧줄 따위 내버려도 상관없어. 당신이 권위를 떨치라구. 그러지 못할 것이면, 이제까지 살아 있는 것에 감사하고 제발 선실 구석에 처박혀서 닥칠 재난에 대비하라구, 재난이 닥친다면 말야. 〔선원들에게〕 기운을 내, 여보게들! 〔곤잘로에게〕 거 참, 비키라니까 그러네! 〔퇴장〕

곤잘로 이 친구를 보니 저으기 안심이 되는군. 익사할 팔자 점이 없어, 인상을 보니 완전히 교수형 팔자라고. 견지하시게, 착한 운명의 여신, 그의 교수대 팔자를. 그의 운명의 밧줄이야 말로 우리를 살릴 닻줄이로다. 우리 자신의 것은 아무 소용 없으리니.

> 궁정 사람들 퇴장
> 갑판장 등장

갑판장 중간 돛대를 내려! 빨리! 낮게, 더 낮게! 큰 돛대만 갖고 바람을 파고들어야 한다니까!
〔안에서 비명 소리〕

지랄하고들 비명질이네! 폭풍우보다 더 시끄러워, 악쓰는 우리
보다 더 하잖아.

〔세바스찬, 안토니오, 그리고 곤잘로 등장〕

또 나왔나? 여기서 뭐하는 거야? 다 치워 버리고 그냥 빠져 죽
을까? 물에 빠질 용기나 있어?

세바스찬 염병할 놈의 아가리 닥치지 못하느냐, 이런 함부로 짖어
대는, 버르장머리도 인정머리도 없는 개 같으니라구!

갑판장 니가 해라, 그럼.

안토니오 이런 망할 인간 말자를 보았나, 아비 없는 무례한 딱따기
로다. 우리가 너처럼 물에 빠져 죽을까 봐 겁을 낼 것 같으냐.

선원들 퇴장

곤잘로 그놈 물에 빠져 죽지는 않겠네, 배가 호두 껍질처럼 약하고
시도 때도 없이 월경하는 계집보다 더 물이 샌다 해도 말야.

갑판장 잘 잡아, 단단히! 앞 돛도 내리고 바람을 바싹 따라붙어! 다
시 바다로! 배를, 배를 떼라구!

선원들 등장, 홀딱 젖은 채

선원들 끝났어요! 기도해, 기도하라구! 모두 끝장이야!

선원들 퇴장

갑판장 뭐라, 차디찬 입술이 돼야 한다구?

곤잘로 대왕과 왕자님도 기도 중이오! 그분들을 도웁시다,
우리 운명은 그들 운명과 같으니까.

세바스찬 도저히 못 참겠군.

안토니오 술주정뱅이들 때문에 목숨을 완전히 도둑맞다니.

　　　이 아가리 큰 악당 놈—물에 빠트려 죽여 버릴라,

　　　한 열흘 동안 밀물 썰물에 시달리게 해 버릴라.

곤잘로 그는 여전히 교수형 팔자라니까요,

　　　설령 물방울마다 모두 그게 아니라 주장해도,

　　　그리고 입을 좌악 벌려 그를 집어삼키려 해도.

　　　　　안에서 혼란에 빠진 소리

선원들 〔안에서〕 자비를 베푸소서!

　　　배가 쪼개져, 쪼개진다! 안녕, 내 마누라와 자식들!

　　　안녕, 동생아! 쪼개진다, 쪼개져, 쪼개진다!

　　　　　갑판장 퇴장

안토니오 왕과 함께 최후를 맞이합시다.

세바스찬 작별 인사를 드려야지요.

　　　　　안토니오와 세바스찬 퇴장

곤잘로 바다 1천 펄롱도 필요 없으니 메마른 땅 1에이커만 주면
　　　좋겠네. 관목들뿐이라도 좋아, 땅만 있으면. 하늘의 뜻이 이
　　　루어지이다. 하지만 젖지 않은 죽음이 난 좋은데.

　　　　　퇴장

1막 2장
앞으로 일은 내내 프로스페로의 섬 여기저기서 벌어진다.

마법사 복장에 지팡이를 든 프로스페로와 미란다 등장

미란다 만일, 아버님, 아버님께서

　　거치른 파도를 이리 포효하게 만드셨다면, 진정시켜 주세요.

　　하늘이, 아마도, 악취 나는 역청을 쏟아 부을 것 같았는데,

　　바다가 하늘의 뺨까지 쳐 올라가

　　불에 찬물을 끼얹었었어요. 오, 저는 괴로웠어요,

　　제 눈에 비친 그 고통 받는 사람들과 함께요! 멋진 배였는데,

　　그 안에, 분명, 고결한 분들이 타고 있었을 텐데,

　　산산조각이 나다니! 오, 비명 소리가 마구 때려 대요,

　　바로 내 가슴을요! 불쌍한 사람들, 그들은 죽었어요.

　　제가 힘을 지닌 신이라면, 바다를

　　대지 안에 침몰시켜 버렸을 텐데, 바다가

　　그 훌륭한 배와 그 안에 타고 있는

　　사람들을 그렇게 집어삼키기 전에.

프로스페로 진정해라.

　　더 이상 놀랄 것 없다. 긍휼을 아는 네 마음에 말해 주렴,

　　아무도 다치지 않았다고.

미란다 오 슬픈 날이에요!

프로스페로　안 다쳤어, 아무도.

　　나는 오로지 너를 생각해서 한 일이다. 애야,

　　너, 내 사랑스런 사람, 너, 내 딸을 위해서, 비록 너는

　　네가 누구인지 모르고 있지만 말이다. 아무것도 모르지,

　　내가 어디서 왔는지, 내가 더 높은 사람이 아니고

　　그냥 프로스페로, 아주 초라한 오두막 주인인 줄로만

　　그리고 너의 그저 그런 아버지로만 알고 있어.

미란다　더 알려고

　　생각한 적도 없었어요.

프로스페로　이제 때가 되었다.

　　네게 더 많은 얘기를 해 주마. 네 손을 빌려 다오.

　　이 마법사 의상을 벗겨 주려무나.

　　　　〔미란다가 프로스페로의 옷을 벗겨 준다. 프로스페로가 벗은 옷을
　　　　땅에 내려놓는다〕

　　그래.

　　거기 놓였거라, 나의 마법이여.—눈물을 닦거라, 애야, 마음

　　을 편히 가져.

　　그 끔찍한 난파 광경은, 네 안에 깃든

　　긍휼의 미덕을 울렸다마는,

　　내 마법의 선견지명으로

　　아주 안전하게 조처를 했기에 한 사람도—

　　아니 머리카락 한 올도

　　잃어버린 사람 없을 것이다. 그 배 안에 탄 사람 중 아무도,

　　그들이 비명을 질러 대고, 물에 빠지는 것을 네가 보았다마는.

　　앉거라, 네가 좀 더 알아야 할 게 있다.

미란다가 앉는다.

미란다　종종 그러셨어요,
　　　내가 누구인지 얘기를 시작하시다가는 말을 끊으셔서
　　　저를 소용없는 의문 속에 남게 하셨죠,
　　　'아니다, 아직은 안 돼'라고 말을 맺으시면서요.
프로스페로　이제 때가 되었어.
　　　지금 이 순간 두 귀를 똑바로 열거라,
　　　내 말대로 해, 그리고 귀를 기울이거라. 기억할 수 있겠니, 애야,
　　　우리가 이 오두막에 오기 전 시절을?
　　　아마 못할 게야. 그때 너는
　　　세 살이 채 안 됐으니까.
미란다　아녜요, 아버님. 기억나요.
프로스페로　어떤 게? 다른 집 혹은 사람들이?
　　　기억나는 것이면 무엇이든
　　　내게 그 이미지를 얘기해 보거라.
미란다　아주 희미해요,
　　　그리고 진짜보다는 꿈 같아요.
　　　제 기억은 사실이라고 하지만요. 혹시
　　　여자 네댓 분이 저를 돌보지 않았나요?
프로스페로　맞아, 숫자는 더 많았지, 미란다. 그런데 어떻게
　　　그 기억이 아직 살아 있는 거지? 또 뭐가 보이느냐,
　　　그 어두운 과거와 시간의 심연 속에?
　　　여기 오기 전 일을 아무거라도 기억한다면,
　　　어떻게 이리로 왔는지도 그럴지 몰라.

미란다 하지만 그 생각은 안 나요.

프로스페로 지금으로부터 12년 전, 미란다. 12년 전에 말이다.
　　　　네 아버지는 밀라노 공작이었단다. 그리고
　　　　강한 군주였지—.

미란다 그럼, 제 아버님이 아니십니까?

프로스페로 네 엄마는 미덕으로 빚은 듯한 분이셨다. 그리고
　　　　그녀가 그랬어, 네가 내 딸이라고. 그리고 네 아버지는
　　　　밀라노의 공작이고, 그의 유일한 상속녀이자
　　　　공주도 똑같이 고결한 혈통이라고.

미란다 오 하나님!
　　　　무슨 더러운 흉계가 벌어졌길래 우리가 거기서 이곳으로 왔
　　　　나요?
　　　　아니면 운이 좋았던 건가요?

프로스페로 둘 다지, 둘 다란다, 내 딸아.
　　　　더러운 흉계 때문에, 네 말마따나, 우리는 거기서 쫓겨났다,
　　　　하지만 운 좋게도 도움을 받아 이리로 왔지.

미란다 오, 가슴이 너무 아파요,
　　　　저 때문에 얼마나 힘드셨을까를 생각하면,
　　　　제 기억 속에는 없지만요. 말씀해 주세요, 아버지.

프로스페로 내 동생이자 네 삼촌 이름은 안토니오다—
　　　　부디 잘 듣거라, 동생이라는 자가
　　　　그렇게 배신을 할 수도 있다니—나는 그를 너 다음으로
　　　　온 세상에서 가장 사랑했다. 그리고 그에게 맡겼지,
　　　　내 공국의 운영을—그 당시에는
　　　　밀라노가 으뜸의 영지였다,

그리고 프로스페로는 최고 공작이었지—권세가 그리
자자했으니, 그리고 학문에서는
따를 자가 없었으니—그 모든 게 나의 공부라,
행정은 동생에게 맡겼던 거야,
그리고 내 공국과 담을 쌓게 되었지, 은밀한 공부에
빠져 넋을 잃고 있었으니까. 사기꾼인 네 삼촌은—
내 말에 귀를 기울이고 있니?

미란다 그럼요, 아주 주의 깊게요.

프로스페로 일단 송사를 다루는 데 능란해지자,
어떤 걸 받아 주고 어떤 걸 물리쳐야 하는지, 누굴 키우고 또 누구를
너무 크니까 견제해야 하는지 요령을 터득, 자기 앞잡이로 만들었다,
내 부하들을 말이다—아니면 교체하거나
혹은 새 직책을 만들거나 그랬지, 관리와 관직의
열쇠를 무기 삼아, 나라의 온갖 인사들로 하여금
지 좋은 가락에 맞추게 만들었지, 그래서 이제 그는
담쟁이넝쿨이 되어 군주의 줄기를 가리고
그렇게 내 생명력을 빨아먹은 거야. 듣지 않고 있구나!

미란다 오, 아녜요. 듣고 있습니다.

프로스페로 제발 새겨듣거라.
나는, 그렇게 세속적인 목적을 소홀히 하면서 몰두했다,
은둔과 내 영혼의 수양에.
그리하여 단지 물러서 있는 것만으로
세속이 평가하기에 너무 진귀한 존재로 되므로, 거짓된 내

동생의

　　나쁜 성격을 발동시켰어. 그리고 나의 신뢰는,

　　물러 터진 부모처럼, 그에게서

　　거짓이 태어나게 했지, 내 신뢰의

　　크기만큼 안 좋은, 그런데 내 신뢰는 끝이 없었거든,

　　한없이 믿었지. 그는 이렇게 나의 예산뿐 아니라

　　내 권력으로 짜낼 수 있는 것까지 합쳐 군주 행세를 하게 되

자, 마치

　　말을 되풀이함으로써 그 말을 진짜로 믿어 버리는 것처럼,

　　자신의 기억을 엄청난 죄인으로 만들며

　　자신의 거짓말을 신용하게 되었다, 그는 정말 믿었던 거야,

　　자기가 진짜 공작이라고 말야. 그 바꿔치기의 결과,

　　그리고 왕의 이미지를 그려 내며

　　온갖 특권을 갖고, 그렇게 야심이 생겨나면서―

　　듣고 있니?

미란다　아버님 얘기는, 귀머거리도 고치겠습니다.

프로스페로　장막을 걷고 싶었겠지, 그가 연기하는 역할과

　　그가 대신 연기하는 그 사람 사이 장막을, 그는 되고 싶었어,

　　실제의 밀라노 절대 군주가. 나는, 불쌍한 나는―내 서재는

　　충분히 넓은 공작령이었는데―세속적 지배의 능력이

　　이제 없다고 그는 생각했지. 그토록 권력에 목 말랐던 그는

　　밀약을 맺었어, 나폴리 왕과.

　　그에게 매년 조공을 바치고, 신하의 예를 다하고,

　　자신의 보관을 그의 왕관에 복속시키겠다, 그리고 굽히겠다,

　　공작령을, 아직 굽히지 않았던 나라를―오, 슬프다 불쌍한

밀라노—

　　　아주 비천한 상태로 낮추겠다고 말야.

미란다　오 하나님 맙소사!

프로스페로　그가 맺은 조약과 결과를 잘 들어 봐, 그리고 말해 다오,

　　　이런 자를 동생이라고 할 수 있는지.

미란다　전 죄를 짓는 거겠죠,

　　　할머니에 대해 불경스런 생각을 한다면.

　　　훌륭한 자궁이 나쁜 아들을 낳다니.

프로스페로　자 조약 조건이다.

　　　이 나폴리 왕이란 자는, 나의

　　　천적이었으므로, 내 동생의 제안이 솔깃했어.

　　　그는, 복종과

　　　어느 정도인지 알 수 없는 조공의 대가로,

　　　즉시 나와 내 식솔들을

　　　공작령에서 내쫓고, 아름다운 밀라노를

　　　온갖 호칭과 함께, 내 동생한테 양도하기로 했지. 그래서,

　　　반역의 군대가 소집되고, 어느 한밤중

　　　단단히 결심을 한 안토니오가 열었단다.

　　　밀라노의 문을. 그리고 칠흑 어둠 속,

　　　임무를 맡은 자들이 서둘러 그곳에서 내쫓았지,

　　　나와 마구 울어 대던 너를.

미란다　아, 저런!

　　　저는, 그때 어떻게 울었는지 기억이 나지 않아서,

　　　다시 한 번 울려나 봐요. 그 말씀을 들으니

　　　눈물이 솟는걸요.

프로스페로 〔앉으며〕 좀 더 들어 보거라,

그러고 나서 오늘 우리에게 닥친

현안을 얘기해 보자꾸나, 그게 아니라면 이 이야기는

전혀 상관이 없으니까.

미란다 왜 그들이

그때 우리를 죽이지 않았을까요?

프로스페로 좋은 질문이구나, 귀여운 것,

내 얘기를 들으면 그런 의문이 생길 만하지. 애야, 그들은 감

히 못했어,

국민들이 나를 끔찍이 사랑했거든. 그리고

그 정도 피를 자기들 일에 묻히고 싶지 않았겠지, 그냥

더 좋은 빛깔로 자기들의 더러운 목적을 덧칠하고 싶었겠지.

요약하면, 그들은 서둘러 우리를 배에 태웠다,

몇 리그 바다로 싣고 가더니, 거기서

썩은 통 하나를 배라고 주더구나, 돛도 없고,

도르래도 없고, 돛대도 없었어―쥐들도

본능적으로 버렸을 그런 배였다. 거기다 우리를 쑤셔 넣는

거야,

포효하는 바다에 울부짖으라 이거지, 바람에 한숨지으라 이

거지,

바람의 긍휼은, 다시 한숨을 보내니,

우리의 사랑을 악으로 되갚을 뿐인데 말이야.

미란다 아 슬퍼라, 얼마나 성가셨을까요,

그때 제가 아버님께!

프로스페로 오, 아기 천사였지,

너는, 나를 살아남게 해 준. 너는 미소를 짓더구나,

하늘이 보낸 꿋꿋함이 녹아든 미소를,

나는 온통 짜가운 땀방울로 바다를 뒤덮을 판인데,

그렇게 내 짐에 깔려 신음했는데. 너의 미소가 일깨워 주었
어, 내 안에,

시련을 견디는 뱃심을, 그래서 버틸 수 있었지,

무슨 일이 벌어지든.

미란다 어떻게 뭍으로 올라왔죠?

프로스페로 천우신조였지.

약간의 음식, 그리고 약간의 마실 물을, 그

고결한 나폴리 인 곤잘로가

자비심으로—그는 그때 임명받은 상태였거든,

이 계획의 책임자로—우리에게 주었단다. 그는

호화로운 의상, 옷감, 아마포, 가재도구, 일용품들도 마련해
주었는데

그 후 크게 도움이 되었다. 그렇게, 고결한 마음씨로,

내가 내 책을 사랑하는 걸 알고 챙겨 주었지,

내 자신의 서재에서 내가

내 공작령보다 더 아끼는 책들을.

미란다 그분을

한 번만이라도 뵈었으면 좋겠네요!

프로스페로 이제 일어나야지.

〔그가 몸을 일으키고 의상을 차려입는다〕

넌 앉아 있거라, 그리고 우리의 바다—슬픔의 마지막 대목을
들어야지.

여기 이 섬에 우리는 도착했어. 그리고
내가 너의 학교 선생으로 너를 가르쳤다, 여느
왕자-공주들보다 훌륭하게, 그들은 더 많은 시간을
쓸데없는 데 쓰고 또 가정교사들이 그렇게 세심하게 돌보지 않
거든.

미란다 그건 하나님께 감사드려요. 그런데 이제 부탁이니, 아버님—
아직도 가슴이 마구 뛰거든요—말씀해 주세요, 왜
이런 바다-폭풍우를 일으키셨는지.

프로스페로 이것만 알아 두거라.
아주 기묘한 우연으로, 너그러운 운명의 여신이
이제 나를 사랑하여, 내 적들을
이 해안으로 데려왔다. 그리고 내 예지력으로 보건대
내 정점이 걸려 있어,
아주 상서로운 별에, 그리고 그 영향력을
내가 지금 따르지 않고 무시할 경우, 내 운은
그 뒤로 내내 기울 것이야. 자 이제 그만 묻거라.
네가 졸린 모양이구나, 잠이란 좋은 거지,
자려무나, 어쩔 수 없을 게야.

〔미란다가 잠든다〕

오라, 나의 하인, 나오라! 난 준비가 되었다.
다가오라, 나의 에어리엘, 어서!

에어리엘 등장

에어리엘 인사드립니다. 위대한 주인님, 근엄한 어르신, 안녕하세요.
제가 왔습니다. 주인님 명을 받들려구요. 날라면 날고,

헤엄이면 헤엄, 불 속이라도 뛰어들고, 올라타죠.
곱슬머리 구름 위에도. 주인님이 부여하는 강력한 임무에
에어리엘은 신명을 다하지요.

프로스페로 너, 정령아,
그 폭풍우 건을 내가 자세히 일러 준 대로 처리했느냐?

에어리엘 한 항목도 안 빠트렸지요.
왕의 배에 올라탔구요. 뱃머리에 번쩍,
뱃꼬리에 번쩍, 갑판에 선실에 번쩍하면서,
화재 형용으로 사람들을 놀래켰어요. 어떤 때는 몸을 나누어
여러 군데 불을 질렀죠. 중간 돛,
활대, 그리고 이물 앞 둥근 나무통을 확실히 태웠어요.
그런 다음 다시 만나 뭉쳤죠. 주피터의 번개도, 끔찍한 벼락
앞에
번쩍하는 그것도, 더 순식간이거나
눈보다 빠르거나 그러지는 못했을걸요. 불타고 우지끈 내려
앉는
지옥 불의 포효가 그 강력한 바다 신 넵튠한테
쇄도하는 듯, 그리고 그의 용감한 파도조차 떨게 하는 듯,
맞아요. 그의 무시무시한 삼지창조차 떨리는 듯했지요.

프로스페로 용감한 나의 정령이로다!
아무리 굳건하고, 배짱 두둑한 자라도 이 난리에는
혼쭐이 났으렷다?

에어리엘 한 사람도 예외 없이
광기를 느꼈어요. 그리고 연출했지요.
어떤 절망적인 몸짓을. 선원들 빼고는 전원

뛰어들었어요. 거품 끓는 바닷물 속으로, 배를 버렸죠,

그리고 저로 하여 온통 난리통. 왕의 아들 페르디난드가,

머리칼이 곤두서서―그러면 갈대 같죠. 머리칼이 아니죠―

제일 먼저 몸을 날렸어요. '지옥이 텅 비었구나,

온갖 악마가 여기로 왔어', 그렇게 외쳤죠.

프로스페로　과연, 나의 정령이로다!

근데 해변 근처에서 그랬겠지?

에어리엘　바로 거기였습니다, 주인님.

프로스페로　그런데 그들이, 에어리엘, 무사하겠지?

에어리엘　머리카락 한 올 다치지 않았습니다.

그들을 뜨게 만든 의상에 얼룩 한 점 없구요,

오히려 전보다 깨끗해졌죠. 그리고, 주인님께서 제게 명하신 대로,

그룹별로 그들을 섬 여기저기 흩어 놓았습니다.

왕의 아들은 혼자 뭍에 오르게 했구요,

혼자 한숨으로 공기를 식히게 했지요,

섬 구석에서, 그랬더니 앉아서

이렇게 팔을 슬픈 모양으로 포개더라구요.

프로스페로　왕의 배는,

선원들은 어디로 가게 했는가,

그리고 나머지 일행들은 모두 어떻게 했는지 말해 보라.

에어리엘　안전하게 정박했습니다.

왕의 배는, 그 으슥하고 외진 곳 있잖아요, 전에 한 번

주인님이 저를 밤에 불러내서 이슬을 따 오라던,

그 폭풍우가 늘 부는 버뮤다 제도, 그 안에 숨겨 두었습니다.

선원들은 모두 승강구 안에 처넣었는데,

워낙 과로한 데다 제가 마법까지 쓰니

곯아떨어질밖에요. 그리고 나머지 사람들은,

제가 흩뜨려 놓았는데, 모두 다시 만났어요.

그리고 지중해 파도를 타고

처량하게 나폴리로 귀향 중입니다.

그들이 왕의 배가 박살 나는 것을,

그리고 그 대단한 인물이 죽는 걸 봤다는 거죠.

프로스페로 에어리엘, 너는 네 임무를

정확하게 수행했구나, 하지만 할 일이 더 남았다.

지금 몇 시지?

에어리엘 정오가 지났습니다.

프로스페로 적어도 2경은 됐을 게야. 6경이 되기 전까지 시간을

너와 나 모두 아주 소중하게 써야 하느니.

에어리엘 잡무가 또 있다구요? 주인님이 제게 임무를 주시지만,

상기시켜 드리고 싶군요. 주인님은 제게 약속을 하고도

아직 이행하지 않으신 게 있다는 걸요.

프로스페로 어라? 어찌 언짢은 태를 내지?

네가 나한테 뭘 요구하겠다는 거냐?

에어리엘 저의 자유.

프로스페로 아직 기간이 안 찼는데? 헛소리!

에어리엘 부디,

상기해 주세요, 제가 주인님을 충실하게 떠받들었다는 걸,

거짓말한 적 없고, 실수한 적 없고, 기꺼이 그리고 불만 없이

모셨다는 걸. 주인님은 약속하셨습니다.

만 1년을 감해 주시겠다고요.

프로스페로 넌 잊어버렸느냐,

　　　내가 어떤 고통으로부터 널 해방시켜 주었는지.

에어리엘 아뇨.

프로스페로 넌 잊었어, 그러니 대단하다고 생각하는 거지, 바다 밑

　　　진흙을 밟고 다니는 게,

　　　예리한 북풍을 타고 다니는 게,

　　　서릿발로 딱딱하게 굳은

　　　지구 광맥을 파며 내 일을 돕는 게.

에어리엘 아닙니다, 주인님.

프로스페로 거짓말 마라, 나쁜 놈. 너는 잊었느냐,

　　　그 추잡한 마녀 시코락스를, 나이와 시기심으로

　　　등이 동그라미로 굽은 그녀를? 잊어 먹었어?

에어리엘 아닙니다, 주인님.

프로스페로 잊었다니까. 그녀 고향이 어디지? 말해 봐!

에어리엘 알제립니다, 주인님.

프로스페로 오, 그랬던가! 앞으로

　　　한 달에 한 번은 되풀이해 줘야겠구나, 네놈이 무엇이었는지,

　　　이렇게 까먹으니 말이다. 그 저주받은 마녀 시코락스는,

　　　여러 가지 악행과 끔찍한 마법을 자행한 바 차마

　　　인간의 귀로 듣기에 끔찍한지라, 알제리로부터

　　　추방되었잖아. 그녀 한 짓 중 한 가지 때문에

　　　사람들이 목숨은 거두지 않았지. 안 그러냐?

에어리엘 그렇습니다, 주인님.

프로스페로 눈이 파란 그 마녀는 임신 상태로 이리 실려 왔어,

그리고 선원들이 여기다 버렸지. 너는, 나의 노예지만,
네 말대로라면 그렇지만, 당시 그녀의 하인이었다.
그리고 너는 섬세한 공기의 정령이라
그녀의 징그럽고 저속한 명령을 이행하지 못하고
그녀의 명을 거역하니, 그녀가 급기야 가두었다, 너를,
보다 힘 있는 그녀 조수들의 힘을 빌려,
그리고 불같이 화가 치민 상태에서,
가두었어, 갈라진 소나무 틈새에. 그 틈새에
갇힌 상태로 너는 정말 고통스럽게 머물렀지,
12년 동안, 그리고 그러는 동안 그녀가 죽었어,
널 그 상태로 둔 채, 그리고 넌 거기서 정말 비명을 내뿜는데
물방앗간 방아가 물 때리는 속도였어. 그때 이 섬엔—
그녀가 떨궈 놓고 간 아들,
그 버르장머리 없는 주근깨, 마녀 자식 말고는—없었어,
인간이라고 할 만한 게.

에어리엘 맞아요, 칼리반 그 아이 말이죠.

프로스페로 미한 놈, 내 말이 그 말이다. 그놈, 그 칼리반 말이다,
지금은 내가 부리고 있는. 네가 제일 잘 알 것이야,
내가 너를 발견할 당시 네 상황이 얼마나 고통스러웠는지.
네 비명은
늑대조차 울부짖게 했다. 그리고 꿰뚫었다, 늘 으르렁대는
곰들의 가슴까지. 그 고통은
저주받은 자나 받을 정도였고, 시코락스도
마법을 다시 풀지 못했던 거야. 바로 내 마법이었다,
내가 여기 도착하여 네 비명 소리를 들었을 때,

소나무 아가리를 벌리게 하고 너를 빼내 준 것은.

에어리엘 감사드립니다. 주인님.

프로스페로 또 뭐라고 꿍얼대면, 오크 나무를 쪼개고,

네놈을 쐐기못 신세로 박아 버릴 테다. 뒤엉킨 그 내장 속으로,

네놈이 울부짖으며 열두 해 겨울을 날 때까지.

에어리엘 잘못했습니다. 주인님.

주인님 명을 고분고분 따를게요,

그리고 정령 노릇을 상냥하게 해낼게요.

프로스페로 그래야지. 그러면 이틀 후

너를 놓아 주마.

에어리엘 정말 고결한 주인님이시라니까!

뭘 할까요? 말씀만 하세요, 뭘 할까요?

프로스페로 가서 바다 요정으로 모습을 바꾸라. 보이면 안 된다,

너하고 나한테 말고는, 안 보여야 해,

다른 누구의 눈에도. 가서 모습을 바꿔,

그리고 이리로 오너라. 가라, 빨리 사라져!

〔에어리얼 퇴장〕

깨거라. 귀여운 것, 잠을 깨! 아주 잘 잤구나,

일어나.

미란다 〔깨어나면서〕 아버님 얘기가 이상해서

졸음이 왔나 봐요.

프로스페로 잠을 떨쳐 내. 같이 가자.

내 노예 칼리반을 찾아보자꾸나, 그놈은

공손하게 대답하는 법이 없지.

미란다 그자는 악당이에요, 아버님,

보기도 싫어요.

프로스페로 하지만 형편상,

그가 없으면 곤란하지. 불도 지피고,

나무도 해 오고, 그리고 여러 가지로

우릴 돕잖니.―여봐라! 이놈, 칼리반!

이 지저분한 놈, 어딨나!

칼리반 〔안에서〕 나무는 충분히 해 놨잖아.

프로스페로 이리 와 보라니까! 할 일이 더 있단 말이다.

이리 와, 이 거북이 같은 놈! 안 올래?

〔에어리엘, 바다 요정 모습으로 등장〕

근사한 변신이로다! 썩 괜찮은 에어리엘,

귀 좀 빌려 다오.

그가 속삭인다.

에어리엘 주인님, 그렇게 하지요. 〔퇴장〕

프로스페로 이 독약 같은 놈, 악마 자신이

사악한 어미를 덮쳐 생겨난 놈, 이리 오라고!

칼리반 등장

칼리반 우리 엄마가 까마귀 깃털로 더러운 수렁에서 훑어 모았던

그 이슬방울처럼 사악한 것을 뒤집어쓸

아비와 딸년 같으니! 남서풍을 맞고

온몸에 물집이 생길 아비놈 딸년 같으니!

프로스페로 그 말버르장머리로 네놈 오늘 밤 경련깨나 당할 게다,

옆구리가 쑤셔 숨도 못 쉬게 해 주마. 고슴도치 꼬마 귀신들이

나타날 게다, 광활한 끝도 없는 밤중에, 평상시 짓을 네놈한테
마구 퍼부어 대려고. 멍 자국이

벌집처럼 두꺼울걸, 한 번 꼬집힐 때마다

그걸 만든 벌에 쏘인 것보다 얼얼할 테고.

칼리반 저녁 먹는데 부르고 지랄이야.

이 섬은 내 거야, 내 어머니 시코락스 거였으니까,

그걸 네가 나한테서 뺏어 갔지. 처음 도착했을 때는,

네가 내 머리를 쓰다듬고 아주 잘해 주었어, 나한테 주곤 했어,

딸기가 든 물을. 그리고 내게 가르쳐 주었지,

큰 불은 뭐라고 부르는지, 작은 불은 뭐라 하는지,

밤과 낮에 타는 불 말이다. 그리고 그땐 내가 너를 좋아했다.

그래서 보여 주었어, 너한테 섬의 온갖 것들을,

마실 물 샘, 소금물 구덩이, 황폐한 곳과 비옥한 곳을 모두—

그랬던 내가 죽일 놈이지! 시코락스의,

두꺼비의, 딱정벌레의, 박쥐의 저주를 받을 놈.

난 지금 네가 지닌 하인 전부지만,

예전엔 내 자신의 왕이었단 말이다. 그런데 네가 나를 가두었
어, 여기

이 딱딱한 바위 속에, 그러면서 너는 나한테서 빼앗아 갔지,

섬의 나머지를.

프로스페로 이런 입만 열면 거짓말을 해 대는 놈,

매를 맞아야 움직이지, 좋게 대해 주면 안 될 놈! 난 너를 대접
해 주었어,

쓰레기 같은 놈이지만, 인간의 보살핌으로, 그리고 묵게 해 주
었지,

내 자신의 오두막에서. 그런데 네놈은 범하려 했단 말이다,
내 딸의 명예를.

칼리반 오 호, 오 호! 그리됐다면 좋았을 텐데!
네놈이 날 가로막았지, 그렇지 않았다면 이 섬을
칼리반들로 채웠을 텐데.

미란다(혹은 프로스페로) 징그러운 놈,
눈 씻고 찾아봐도 좋은 데라곤 없는 놈,
온갖 악행을 저지를 능력밖에 없는 놈! 난 너를 불쌍히 여겼어,
말을 가르쳐 주려 애썼지, 매시간마다 가르쳤어,
이런저런 것들을. 네가, 이 야만종 놈아,
스스로 뭔 말을 하는지도 모르고, 그냥 어버버
짐승마냥 어버버댈 때, 난 네 의도를
말로 설명해서 알게 해 주었다구. 그러나 네 피 속에 흐르는 사
악함은,
네가 아무리 배웠어도, 착한 성격을 지닌 사람은
도저히 곁에 두고 봐줄 수 없는 그 무엇이 있어. 그러니
당연하지, 네가 이 바위에 갇힌 것은,
감옥도 황감할 판인데.

칼리반 네년이 내게 말을 가르쳤지. 그리고 내가 얻은 것은
저주하는 법을 알게 되었다는 거다. 붉은 종기 역병에나 걸려
라, 이년,
내게 말을 가르쳤겠다!

프로스페로 이런 마녀-종자 같으니, 꺼져!
연료를 가져와라. 그리고 빨리빨리 움직이는 게 좋을걸,
다른 일도 있으니까—어깨는 왜 움츠려, 이 나쁜 놈?

내 명을 가볍게 넘기거나,

불평을 지껄이면, 노인네 경련이 들리게 해서 아작을 낼 테다.

네 뼈마디를 온통 고통으로 채워 주마, 네가 지르는 고함에

짐승들까지 떨게 하겠어.

칼리반 안 돼, 제발.

〔방백〕 복종해야지, 별수 있나. 이놈 마법의 위력은

내 어머니의 신 세테보스까지 꼼짝 못할 정도야,

그를 자기 노예로 만들 정도라니까.

프로스페로 알아들었으면, 이놈, 빨리 가!

칼리반 퇴장. 페르디난드. 그리고 에어리엘〔안 보인다〕연주하고
노래하며 등장. 프로스페로와 미란다는 옆으로 물러난다.

노래

에어리엘 이 황금빛 모래밭으로 와요,

그리고 손을 잡아요,

인사를 하고 입을 맞추면―

거친 파도도 쉿―

날렵하게 춤을 추죠, 여기저기서,

그리고, 부드러운 꼬마 요정들이, 부르는 거죠,

후렴을. 가만, 가만.

정령들 〔안에서, 여기저기서〕바우-와우!

에어리엘 경비견이 짖네.

정령들 〔안에서〕바우-와우!

에어리엘 가만, 가만, 나는 들려요,

                    거들먹 걸음의 수탉 노랫소리
                    꼬끼오 외침 소리.
페르디난드 어디서 나는 걸까, 이 음악은? 공중에서 아니면 땅에서?
                    더 이상 들리지 않네, 이건 분명 섬의
                    어떤 신에게 시중드는 음악일 거야. 둑에 앉아서
                    내 아버지 왕의 난파를 다시 슬퍼하고 있는데,
                    이 음악이 내게 다가왔어, 슬며시 물길을 따라,
                    그들의 분노와 나의 슬픔을 모두 누그러트렸지,
                    그 부드러운 선율로. 거기서부터 내가 그것을 따라왔는데—
                    아니면 음악이 나를 이끌었거나. 하지만 사라졌다.
                    아냐, 다시 시작한다.

                    노래

에어리엘 꽉 찬 다섯 길 아래 네 아버지가 누워 있지.
                    그의 뼈는 산호가 되었다,
                    그의 예전 두 눈은 진주가 되었다,
                    그의 어느 부분도 사라지지 않아,
                    다만 바다-변화를 겪고
                    진귀하고 기묘한 어떤 것으로 변할 뿐이지.
                    바다 요정이 시간마다 울린다, 그의 조종을.
정령들 〔안에서〕 딩동.
에어리엘 가만, 이제 들려요.
정령들 〔안에서〕 딩—동 종소리. 〔기타 등등〕
페르디난드 저 노래 가사는 정말 물에 빠져 돌아가신 내 아버지를
                    기리잖아.

이건 인간이 벌이는 일이 아냐. 소리도

지상의 것이 아니고.

〔음악〕

이젠 위에서 들리네.

프로스페로 〔미란다에게〕 가두리 장식이 달린 네 눈의 커튼을 쳐들

거라,

그리고 무엇이 보이는지 말해 보거라.

미란다 뭐죠? 정령인가요?

하느님, 어쩌면 저렇게! 정말, 아버님,

찬란하군요. 하지만 정령이겠죠.

프로스페로 아니다. 애야, 먹고, 자고, 감각도

우리와 같단다. 네가 보는 이 미남 신사는

난파된 일행 중 하나야, 그리고 슬픔으로 약간

흐트러져 그렇지, 슬픔은 아름다움을 파먹는 궤양 아니냐,

너는 그를

잘생긴 사람이라고 할 만하다. 그는 동료들을 잃었어,

그리고 그들을 찾아 헤매는 중이지.

미란다 제가 보기에는

신성한 존재라 할 만하네요. 자연에 속하는 것 중

저리 고결한 사람은 본 적이 없거든요.

프로스페로 〔방백〕 계획대로군, 좋아,

내 영혼이 그렇게 부추기니. 〔에어리엘에게〕 훌륭한 정령이로

다, 내 너를

이틀 안에 해방시켜 주마.

페르디난드 〔방백〕 분명 그 여신일 거야,

아까 그 음악이 시중들던. 〔미란다에게〕부디 허락하시오, 저

의 기도를,

이 섬에 사시는지 알고 싶소이다,

그리고 이곳에서는 어찌 처신을 해야 하는지

조언을 구하고 싶소이다. 가장 바라는 것은,

정작 마지막으로 말씀드립니다만, 당신은―오 당신은 기적이

군요―

혼자십니까 아니면 결혼을 하셨습니까?

미란다 기적은 아니고요, 신사 분,

하지만 처녀인 건 분명합니다.

페르디난드 내 고향 말이다! 오 하나님!

나는 이 말을 사용하는 이들 중 가장 높은 사람이외다,

이 말이 사용되는 곳이라면 말이오.

프로스페로 뭐라, 최고로 높다?

나폴리의 왕이 들으면 어쩌려고 그런 소리를?

페르디난드 같은 얘기요, 내가 왕이오, 지금 당신이 하는

나폴리 왕 얘기를 깜짝 놀라 듣지만. 그가 내 얘기를 듣는 거죠,

그리고 그가 내 말을 듣는다는 게 슬프고요. 내가 나폴리 왕입

니다,

내가 내 두 눈으로, 눈은 그 이후로 내내 울고 있지만, 보았거

든요,

내 아버지 왕께서 난파당하는 것을.

미란다 어머나, 슬퍼라!

페르디난드 그렇소, 정말, 그리고 그의 모든 신하들, 밀라노 공작

그리고 그의 용감한 아들도 그 짝이 났소.

프로스페로 〔방백〕 밀라노 공작,

그리고 그의 더 훌륭한 딸이 너를 다뤄 주마,

지금 그게 마땅하다면. 첫눈에

둘은 눈이 맞았어.—솜씨 좋은 에어리엘,

일을 잘했으니 놓아 주마. 〔페르디난드에게〕 나 좀 보세, 자네.

자네 신분이 잘못된 것 같아. 잠깐 보세.

미란다 〔방백〕 왜 아버지께서 저리 말투가 거치실까? 이 사람은

내가 본 세 번째 사람이고, 나를 한숨짓게 만든

최초의 사람인데. 불쌍한 마음이 드셔서 아버지도

내 쪽으로 기우셨으면 좋으련만.

페르디난드 오, 만일 처녀시라면,

그리고 마음을 딴 사람에게 준 것이 아니라면, 내가 당신을

나폴리의 왕비로 맞겠소.

프로스페로 그만 하게, 자네! 한마디 더 하세.

〔방백〕 서로에게 푹 빠졌어. 하지만 이렇게 빠르면 안 좋아,

애달캐달케 해야지, 너무 쉽게 얻으면

전리품이 우습게 보이는 법. 〔페르디난드에게〕 얘기 좀 더 하자니까. 나를

따라오게. 자넨 지금 찬탈하고 있어,

갖지도 않은 이름을. 그리고 일부러

이 섬으로 온 거야, 첩자로, 이 섬을

섬 주인인 나한테서 빼앗으려고.

페르디난드 아니오, 내가 사람인 것만큼.

미란다 이런 사원에 나쁜 생각이 살 리는 없어요, 결코.

나쁜 정신이 이리도 아름다운 집을 가졌다면,

착한 영혼들이 함께 살려고 애를 쓸걸요.

프로스페로 〔페르디난드에게〕 나를 따라와.

　　　　〔미란다에게〕 그의 편을 들려 하지 말거라, 그는 반역자야.

　　　　〔페르디난드에게〕 따라오라니까?

　　　　모가지와 두 발에 족쇄를 채울 테다.

　　　　소금물을 마셔야 할 거야, 음식은

　　　　민물 홍합, 시든 뿌리, 그리고 도토리 껍질뿐이다. 따라와!

페르디난드 싫소.

　　　　이런 대접은 거절하겠소,

　　　　내 적이 나를 때려눕히지 않는 한.

　　　　　　칼을 빼 든다, 그러나 마법 때문에 몸이 굳는다.

미란다 오 사랑하는 아버님,

　　　　그를 너무 서둘러 심판하지 마세요, 그는

　　　　고결하니까요, 그래서 겁이 없는 거구요.

프로스페로 뭐라, 이런,

　　　　내 발이 나를 가르치겠다고? 칼을 들어라, 반역자,

　　　　폼은 잡았다만 감히 치지 못하니, 네 양심에

　　　　죄책감이 든 게로구나. 방어만 하지 말고 나서 봐,

　　　　지금 바로 네놈 무장을 해제시킬 테니, 이 막대기로,

　　　　그리고 네 무기가 떨어지게 만들 테니.

미란다 제발, 아버님!

프로스페로 비켜라! 내 옷자락 붙잡고 매달리지 마라.

미란다 아버님, 불쌍히 여기세요.

　　　　제가 이분 보증을 설게요.

프로스페로 입 다물라! 한 마디만 더 하면

꾸중을 듣게 되리라. 미워할 수는 없다 해도. 뭐라,

사기꾼을 변호하겠다? 닥치거라!

너는 세상에 이만한 사내가 없다고 생각하지만,

그건 네가 이놈과 칼리반밖에 보지 못했기 때문이야. 바보

같으니!

대부분의 사내에 비하면 이자는 칼리반일 뿐이다,

그리고 이놈에 비하면 대부분이 천사들이지.

미란다 제 마음은

그렇다면 아주 소박해요. 전 야심이 없어요.

더 훌륭한 사내를 보겠다는 야심이.

프로스페로 〔페르디난드에게〕 자 이제, 복종하라.

네 몸 근육은 다시 갓난애 상태야,

아무 근력도 없어.

페르디난드 정말 그렇구나.

내 정신력이, 꿈속에서처럼, 모두 갇혀 버렸어.

아버지께서 돌아가신 것, 내가 느끼는 무력감,

내 모든 친구들이 난파당한 것, 아니 이 사람의 위협조차

내가 그에게 눌렸건만, 모든 게 별것 아니게 느껴져,

내가 감옥에서 매일 한 번씩

이 처녀를 볼 수만 있다면. 대지의 다른 온갖 장소는

자유의 몸인 자들이 활용하라지. 나로서는 공간이 충분해,

이런 감옥 속이라면.

프로스페로 〔방백〕 잘돼 간다. 〔에어리엘에게〕 자 어서.—

아주 잘했다. 멋진 에어리엘. 〔페르디난드에게〕 나를 따라오라.

〔에어리엘에게〕 네가 또 할 일이 있느니라.

미란다 〔페르디난드에게〕 마음을 편히 가지세요.

　　　아버지는 성격이 좋은 분이세요, 신사 분,

　　　말투로 보기보다는요. 이러신 적이 없는데

　　　오늘 그러시네요.

프로스페로 〔에어리엘에게〕 너는 자유를 만끽할 것이다,

　　　산바람처럼, 하지만 그때까지 정확하게 해내라,

　　　내 명령의 온갖 요점들을.

에어리엘　음절 하나까지.

프로스페로 〔페르디난드에게〕 가자, 따라오라. 〔미란다에게〕 그를 두둔

　　　하면 안 돼.

　　　　　모두 퇴장

제2막

반역, 중죄, 칼, 창, 식칼, 대포, 혹은 어떤 무기든, 전 싫어요.
다만 자연이 생산해 내죠, 자연 고유의 것을 양껏, 아주 풍성하게.

2막 1장

⚜

알론소, 세바스찬, 안토니오, 곤잘로, 아드리안, 프란치스코 등장

곤잘로 〔알론소에게〕제발, 폐하, 기분을 돌리소서. 폐하는 명분이
　　있나이다.
　　　　우리 모두 그렇죠, 기뻐할 명분. 우리가 살아남은 것은
　　　　상실한 것을 훨씬 능가합니다. 우리가 슬퍼하는 계기는
　　　　일상적인 것이죠, 매일매일 선원의 아내 몇 사람이,
　　　　상선의 그리고 선적 상품의 소유주 몇몇이,
　　　　바로 우리 슬픔의 주제를 갖습니다. 하지만 그 기적,
　　　　즉 우리의 구사일생으로 말하자면, 백만 중 단 몇몇만이
　　　　우리처럼 말할 수 있습니다. 그렇다면 현명하게, 훌륭하신
　　폐하,
　　　　균형 잡아야죠, 우리의 슬픔을 우리의 위안으로.
알론소 부디, 입을 다물라.
세바스찬 〔안토니오에게〕위로를 식어 빠진 죽처럼 받으시네.
안토니오 병문안을 그 정도로 끝내선 안 되겠지.
세바스찬 보시오, 그가 계속 잔대가리 시계 바늘을 감아 올리고 있
　　잖아.
　　　　이제 곧 종이 울릴걸.

곤잘로 〔알론소에게〕 폐하—.

세바스찬 〔안토니오에게〕 하나. 세 보쇼.

곤잘로 〔알론소에게〕 오는 슬픔마다 환대한다면,
　　　　그런 연예인한테는—.

세바스찬 1달러밖에 안 돌아가죠.

곤잘로 달러, 슬픔이라, 그렇죠. 당신 말은 당신 생각보다 진실하
　　　　군요.

세바스찬 당신이 생각보다 현명하게 해석한 거죠.

곤잘로 〔알론소에게〕 그러하므로 폐하—.

안토니오 〔세바스찬에게〕 정말 짜증 나네요, 뭘 저리 쓸데없는 혓바
　　　　닥을 놀린담!

알론소 〔곤잘로에게〕 제발, 그만 하시오.

곤잘로 그러죠, 다했습니다. 그렇지만—.

세바스찬 〔안토니오에게〕 입이 근질거릴걸.

안토니오 그가, 아니면 아드리안이? 우리 내기합시다. 누가 먼저
　　　　까악델까?

세바스찬 늙은 까마귀.

안토니오 젊은 까마귈걸.

세바스찬 좋아. 뭘 걸지?

안토니오 이긴 쪽이 웃는 거지.

세바스찬 좋고!

아드리안 〔곤잘로에게〕 이 섬이 무인도 같기는 합니다만—.

안토니오 〔세바스찬에게〕 하, 하, 하!

세바스찬 내기 빚은 갚았네.

아드리안 사람이 살 수 없고, 그리고 거의 접근조차 불가한—.

세바스찬 〔안토니오에게〕 하지만—.

아드리안 하지만—.

안토니오 〔세바스찬에게〕 그 단어를 빼먹을 리가 없지.

아드리안 분명 기후가 오묘하고, 부드럽고, 또 섬세한 것이.

안토니오 〔세바스찬에게〕 기후가 나긋한 여자였구만.

세바스찬 그럼, 오묘한 여자지, 그가 아주 해박하게 말씀하셨듯.

아드리안 〔곤잘로에게〕 여기 공기가 아주 부드럽지 않습니까.

세바스찬 〔안토니오에게〕 마치 허파를 지닌 것처럼, 근데 썩은 허파지.

안토니오 아니면 수렁 냄새를 향수로 알거나.

곤잘로 〔아드리안에게〕 이곳은 모든 게 살기에 적합해.

안토니오 〔세바스찬에게〕 맞는 말야, 생존 수단만 없지.

세바스찬 그건 전혀 없지, 혹은 거의 없거나.

곤잘로 〔아드리안에게〕 풀이 얼마나 부드럽고 기름진가! 아주 푸르고 말야!

안토니오 황갈색이구만.

세바스찬 푸른 끼를 찾아내다니 용하군.

안토니오 크게 틀린 건 아니잖아.

세바스찬 맞아, 다만 그가 진실 전체를 전적으로 잘못 본다는 거지.

곤잘로 〔아드리안에게〕 하지만 정말 희한한 것은, 이건 정말 믿을 수가 없는데—.

세바스찬 〔안토니오에게〕 희한한 일을 믿는 놈도 있나.

곤잘로 〔아드리안에게〕 우리가 입은 옷 말야, 그게, 바닷물에 흠씬 젖었잖나, 그런데도 새 옷처럼 윤기가 흐르잖아, 소금물에 찌들었다기보다는 새로 염색한 것처럼.

안토니오 〔세바스찬에게〕 그의 주머니 중 하나만이라도 입을 연다면,

거짓말 마라 그러지 않겠어요?

세바스찬 맞아, 아니면 아주 기만적으로 그의 말을 주머니 채워 버리거나.

곤잘로 〔아드리안에게〕 옷이 우리가 아프리카에서 처음 입었을 당시처럼 새 옷 같단 말야, 대왕의 아름다운 딸 클라리벨과 튀니지 왕의 결혼식 때 입었던 것처럼.

세바스찬 멋진 결혼식이었죠, 그리고 우린 돌아오다 이 꼴이 되었고.

아드리안 튀니지가 그런 금강석을 왕비로 모신 건 처음일 겁니다.

곤잘로 과부 디도 이후로는 처음이지.

안토니오 〔세바스찬에게〕 과부? 놀고 있네, 웬 난데없는 과부? 과부 디도!

세바스찬 홀아비 에네아스는 아니고? 대단한 양반이야, 떠벌이는 거 하나는!

아드리안 〔곤잘로에게〕 과부 디도라고 하셨나요? 글쎄요, 그게 어디 보자, 그녀는 카르타고죠, 튀니지가 아니고요.

곤잘로 튀니지가, 이 사람, 카르타고였다네.

아드리안 카르타고요?

곤잘로 그렇다니까, 카르타고.

안토니오 〔세바스찬에게〕 말로는 뭔 소릴 못해, 기적의 하프라니까.

세바스찬 벽을 일으켜 세웠다는 하프, 이제 집까지 일으킬 차례군.

안토니오 다음엔 또 무슨 불가능한 일을 후딱딱 해치울까요?

세바스찬 그가 이 섬을 주머니에 집어넣고 가서, 아들한테 내밀 거라고 봐, 사과라면서.

안토니오 그리고 그 씨들을 바다에 뿌려, 더 많은 섬이 나게 하겠지.

곤잘로 〔아드리안에게〕 맞다니까.

안토니오 〔세바스찬에게〕 어따, 우리 말이 맞다네요.

곤잘로 〔알론소에게〕 폐하, 저희는 우리 의상이 튀니지에서 있었던
     폐하 따님의, 지금은 왕비시지만요, 결혼식 때처럼 새 옷 같
     다는 얘기를 하는 중입니다.

안토니오 그리고 여기 온 게 희한하단 얘기도 했고요.

세바스찬 빼시오, 제발, 과부 디도는.

안토니오 오, 과부 디도? 맞아, 과부 디도.

곤잘로 〔알론소에게〕 이 웃옷, 폐하, 첫날 입은 것 같지 않습니까?
     이를테면 말입니다.

안토니오 〔세바스찬에게〕 이를테면 카드, 잘 뽑았군.

곤잘로 〔알론소에게〕 제가 이걸 폐하 따님 결혼식에서 입었을 때 말
     입니다.

알론소 경은 이런 말들을 내 귀에 쑤셔 넣는구려,
     내 감각의 위장은 물리치건만. 오 공연히
     내 딸을 거기서 결혼시켰도다! 왜냐면, 그곳을 떠나오다가,
     내 아들을 잃었잖소. 그리고, 내가 보기에는, 그녀 또한,
     이탈리아에서 그리 멀리 떨어져 있으니
     다시는 그녀를 못 보게 될 것이라. 오 나의 상속자,
     나폴리와 밀라노를 물려받을 상속자, 어떤 이상한 물고기의
     밥이 됐단 말이냐?

프란치스코 폐하, 그는 살아 있을지 모릅니다.
     제가 보았는데 그가 파도를 몸 아래로 밀쳐 내고
     또 파도 등에 올라타더군요. 그분은 물을 밟았어요,
     파도의 적대감을 내팽개쳤죠. 그리고 가슴으로
     밀어내는 거예요, 어마어마한, 달려드는 파도를. 용감한 머

리를

　그 호전적인 파도 위로 내내 유지하셨어요. 그리고 노를 저
었죠.

　튼튼한 양팔로 힘차게

　해안까지 나아갔죠. 그리고 해안은 파도에 마모된 자신의 바
닥을

　굽혔죠, 마치 그를 구하려는 것처럼. 분명

　그분은 살아서 뭍에 오르셨습니다.

알론소　아냐, 아니다, 그는 죽었어.

세바스찬　〔알론소에게〕폐하, 어렵하시겠습니다. 이 엄청난 손실이,

　따님을 유럽에 시집보내지 않으시고,

　차라리 아프리카에 주어 버리셨으니,

　거기서 따님은, 최소한, 폐하 눈에 띄지 않을 테니까,

　폐하 눈에 눈물 낼 일 없겠지요.

알론소　제발, 그만 하게.

세바스찬　신들 모두가 무릎 꿇고 간청을 했지요, 마음을 돌리시
라고,

　그리고 그 아름다운 분도

　고민하셨습니다. 혐오감과 복종심 둘 중

　어느 쪽으로 저울을 기울일 것인지. 저흰 폐하의 아들을 잃
었습니다,

　아마도, 영원히. 밀라노와 나폴리는

　이 일로 더 많은 과부가 생겼어요,

　우리가 데려갈 남자보다 많죠. 자업자득이십니다.

알론소　그 점이 가장 슬프네.

곤잘로 세바스찬 경,

　　　사실이 설령 그렇단들 말씀이 지나치시고

　　　또 시기가 적절치 않소. 상처를 문지르다니요,

　　　고약을 붙여 드려야 할 판에.

세바스찬 〔안토니오에게〕 근사하군.

안토니오 그리고 제법 의사 같은데요.

곤잘로 〔알론소에게〕 우리 마음 모두 흐린 날씨이옵니다.

　　　폐하께서 구름이 끼면요.

세바스찬 〔안토니오에게〕 까마귀 날씨?

안토니오 흐리고말고.

곤잘로 〔알론소에게〕 이 섬을 식민지로 하고 제게 맡겨 주신다면, 폐

　　　하―,

안토니오 〔세바스찬에게〕 쐐기풀 씨를 심겠지.

세바스찬 아니면 소리쟁이,

　　　혹은 당아욱 따위.

곤잘로 제가 이 섬 왕이 된다면, 뭘 하면 좋을까요?

세바스찬 〔안토니오에게〕 취하는 걸 삼가야지, 포도주가 부족하거든.

곤잘로 그 공화국에서는 모든 것을

　　　반대로 행하겠습니다. 절대로 상거래를

　　　허용치 않을 거구요, 행정관 명함도 없애구요.

　　　글은 알려지면 안 되죠. 부자도, 가난한 자도,

　　　하인을 부리는 것도 안 돼요. 계약이니, 상속이니,

　　　경계니, 땅 구획이니, 경작이니, 포도밭이니, 그런 거 없구요.

　　　쇠도, 곡식도, 혹은 포도주도, 혹은 기름도 안 쓰죠.

　　　직업도 없고, 모두 빈둥대는 거죠, 모두,

    그리고 여자도 마찬가지―하지만 순진하고 순수해요,

    권력도 없고―.

세바스찬 〔안토니오에게〕 지가 왕이라면서.

안토니오 그의 공화국론은 뒷부분이 앞부분을 까먹는군요.

곤잘로 〔알론소에게〕 공동체에 쓰이는 모든 물건들을 생산하는 데

    땀도 노력도 들이지 않고 하는 거죠. 반역, 중죄,

    칼, 창, 식칼, 대포, 혹은 어떤 무기든,

    전 싫어요. 다만 자연이 생산해 내죠,

    자연 고유의 것을 양껏, 아주 풍성하게,

    그렇게 내 순진한 백성들을 먹이는 거죠.

세바스찬 〔안토니오에게〕 부하 백성들 사이 결혼 계약도 안 할까?

안토니오 안 하지, 당연히, 빈둥대는데. 창녀하고 건달만 있겠지.

곤잘로 〔알론소에게〕 전 이토록 완벽하게 통치할 겁니다, 폐하,

    황금 시대를 능가하는 거죠.

세바스찬 그런 폐하 만세!

안토니오 곤잘로 만세!

곤잘로 〔알론소에게〕 그런데―제 말 듣고 계십니까, 폐하?

알론소 제발, 그만 하시오. 황당한 소리뿐이잖소.

곤잘로 폐하 말씀 지당합지요. 그리고 제가 그런 것은 이 신사 분
    들께 계기를 주기 위해서였습니다. 이분들은 허파가 아주 예
    민하고 기민해서 황당한 소리를 비웃는 데 이골이 났거든요.

안토니오 우린 당신을 비웃은 거요.

곤잘로 그런데 내가 누구냐, 이런 유의 즐거운 멍텅구리 놀이에서
    는, 당신한테 허튼소리밖에 안 되는 위인이거든. 그러니 계속
    들 하시오. 계속 허튼소리를 비웃어요.

안토니오 쎄게 한 방 날리시네!

세바스찬 칼등도 아니고 칼날로 말야.

곤잘로 두 분이야말로 칼 같으시지요. 달을 궤도에서 내치실 분들
      이라. 달님이 변하지도 않고 다섯 주 동안 궤도를 돌기라도 한
      다면 말이죠.

   에어리엘 등장(보이지 않는다), 숭고한 음악을 연주한다.

세바스찬 당연하지, 그러고는 불빛과 몽둥이로 새나 때려잡는 거지.

안토니오 〔곤잘로에게〕 아스셔요, 착하신 양반, 화내지 마세요.

곤잘로 안 내요, 걱정마시오, 내 멀쩡한 정신을 그리 바보같이 뒤흔
      들 필요는 없지요. 당신 웃음으로 나 좀 재워 줄랍니까? 무척
      졸립군요.

안토니오 주무세요, 우리가 웃을 테니까.

   곤잘로, 아드리안, 그리고 프란치스코 잠든다.

알론소 아니, 그렇게 빨리 잠이 들어? 내 두 눈이
      스스로 닫히면서, 닫아 주면 좋겠네, 내 생각까지.—그럴
      생각이 있는 것 같군.

세바스찬 그러셔야죠, 폐하,
      무시하지 마세요, 두 눈이 제공하는 무거운 기회를.
      슬픈 사람한테는 좀체 안 오는 겁니다, 온다면
      그건 위안이죠.

안토니오 저희 둘은, 폐하,
      쉬고 계시는 동안 폐하의 몸을 지키겠습니다,
      그리고 폐하의 안전을 살피구요.

알론소 고맙소. 이상하게 졸립구먼.

그가 잠든다. 에어리엘 퇴장

세바스찬 묘하네, 모두 잠들어 버리다니!

안토니오 기후 탓인가 보지요.

세바스찬 그렇다면
　　　왜 우리 눈꺼풀은 감겨 주지 않는 거지? 난
　　　졸리지가 않거든.

안토니오 나도요, 정신이 멀쩡한데요.
　　　이들은 함께 곯아떨어졌죠, 합의한 것처럼,
　　　벼락에 맞은 듯 축 늘어졌어요. 이렇게 되면,
　　　존귀한 세바스찬, 오, 어쩌면—? 아니 그만!—
　　　하지만 내가 보기엔 그게 당신 얼굴에 쓰여 있는데.
　　　이런 기회를 당신이 잡아야 하는데요. 그리고
　　　강력한 나의 상상은 보고 있어요, 왕관이
　　　당신 머리 위로 떨어지는 것을.

세바스찬 뭐라, 당신 깬 정신이오?

안토니오 내 말이 들리지 않아요?

세바스찬 들리지, 그리고 분명
　　　졸린 말투야, 그러니 당신
　　　잠꼬대하는 거지. 무슨 말을 한 거요?
　　　기묘한 휴식이군, 잠들었으면서
　　　눈을 크게 뜬 상태라니, 일어서고, 말하고, 움직이고,
　　　그러면서도 그렇게 깊이 잠들어 있다니.

안토니오 고결한 세바스찬,

당신은 당신의 운을 잠재우는구려, 아예 죽여. 눈을 감고 있어,
깨어 있으면서도요.
세바스찬 당신 코를 야릇하게 고는군,
의미가 있어, 그 안에.
안토니오 전 보기보다 진지합니다. 당신도
또한 그래야 해요, 내 말을 경청하려면, 그러면
당신은 세 배로 귀해질 거요.
세바스찬 글쎄, 난 고인 물이라서.
안토니오 흐르는 법을 내가 가르쳐 주면 되죠.
세바스찬 그러시오. 썰물이
내 유전적인 게으름에 제격이긴 하지만.
안토니오 오,
당신이 목적을 가슴에 품고도 그걸 이렇게 조롱한다는 걸
당신이 알기만 한다면, 그것을 벗으려 하는 와중에
오히려 더하고 있다는 걸 스스로 안다면! 한물가는 사람들이,
정말
가장 빈번히 바닥까지 침몰하는 건
스스로 겁먹었거나 게으름 때문이지요.
세바스찬 부디, 계속하시오.
눈매와 뺨이 굳은 걸 보니
뭔가 중요한 일인가 보오. 애를 낳느라
산고를 치르는 사람 같소.
안토니오 이런 얘깁니다, 대감.
비록 이 기억력 떨어지는 작자 곤잘로,
땅에 묻히면

역시 별로 기억되지 않을 이 작자가, 거의 설득했지만—
이자는 설득의 정화 아니겠습니까. 유일한
직업이 설득이니까요—왕의 아들이 살아 있다고 그랬지만,
그가 물에 빠져 죽지 않았다는 것은 불가능해요,
여기 잠들어 있는 이자가 헤엄치는 만큼이나 불가능하죠.

세바스찬   나도 절망이오,
그는 물에 빠져 죽었을 거야.

안토니오   오, 그 절망으로부터
당신은 거대한 희망을 갖게 된 거요! 그런 쪽으로 절망은
다른 쪽으로 너무도 높은 희망이라, 심지어
야망조차 눈짓 한 번 못하고
오히려 제 발견의 눈을 의심할 정도죠. 동의하십니까,
페르디난드가 익사했다는 저의 생각에?

세바스찬   그는 죽었지.

안토니오   그렇다면 말씀해 보세요,
누가 나폴리의 다음 상속자죠?

세바스찬   클라리벨이지.

안토니오   튀니지의 왕비인 그녀예요, 평생을 가고도
10리그를 더 가야 하는 곳에 사는 그녀, 나폴리에서는
보도 듣도 못할 그녀라구요—태양이 전령이라면 또 몰라도—
달에 사는 사람도 느려서 안 되죠—갓 태어난 아기가
꺼칠해져서 면도를 할 때까지는. 그녀한테서 돌아오다가
우리 모두 바다에 먹혔잖아요, 몇몇은 다시 내뱉어졌지만—
그리고 그런 운명으로 볼 때, 과거가 프롤로그인
어떤 행동을 펼친다는 거, 다가올 일을

당신과 내가 행한다는 거.

세바스찬 이게 무슨 소리? 무슨 말을 하는 거요?

　　형님의 딸이 튀니지 왕비인 건 사실이지만,

　　나폴리의 상속녀인 것도 사실인데, 두 지역 사이에

　　거리가 좀 있기는 하지만.

안토니오 그 거리가 매 큐빗마다

　　이렇게 외치는걸요, '클라리벨이 어떻게

　　한 큐빗 한 큐빗 세며 나폴리로 돌아오겠어? 튀니지에 있으
라 그래,

　　그리고 세바스찬을 일깨워.' 죽음이라고 쳐 봅시다.

　　지금 이들을 사로잡은 것이, 뭐, 더 나쁠 것도 없어요,

　　지금의 그들 상태보다. 있거든요, 나폴리를

　　지금 자고 있는 이분만큼 잘 다스릴 사람이, 신하들도 썼죠,

　　이 곤잘로만큼

　　수다스럽게 또 불필요하게 지껄일 신하들이라면. 나도 하라
면 하죠,

　　갈까마귀한테 그 정도 진지한 언사를 훈련시키는 것쯤. 오,
당신이

　　내가 품은 마음을 품었다면, 이 잠은 뭔가요,

　　당신의 출세에? 제 말 이해되십니까?

세바스찬 그런 것 같소.

안토니오 그럼 뭐라고 하시겠습니까,

　　당신 자신의 행운에 대해?

세바스찬 기억나는군,

　　당신은 정말 당신 형 프로스페로를 몰아냈었지.

안토니오 맞아요.

　그런데 보시오. 내 옷이 내게 얼마나 잘 어울리는지,

　전보다 훨씬 말쑥하지요. 내 형의 하인들이

　그땐 내 동료였소. 이제 그들은 나의 부하요.

세바스찬 하지만 양심이 문제지.

안토니오 근데, 대감, 그게 어디 있는 거죠? 발가락 동상이라면

　실내화 신기는 맛이라도 있지, 그치만 난 못 느껴요.

　양심이란 신을 내 가슴에. 스무 개 양심이

　나와 밀라노 사이에 서 있단들, 사탕일 뿐예요.

　그리고 방해하기 전에 녹아 버리죠. 여기 당신 형이 누워 있소,

　그가 등을 맞댄 땅보다 나을 게 없죠.

　만일 그가 현재 보이는 대로라면—죽었다면,

　내가 잘 드는 이 칼로, 3인치면 충분해요,

　그를 영원히 눕게 하는 거요. 한편 당신은, 이렇게,

　영원한 잠 속으로 밀어 처넣을 수 있죠.

　이 하찮은 늙은이, 사려 분별 선생을, 그러면 그가

　우리 일을 꾸짖지 못할 거 아니오. 나머지 사람들은

　알아서 길 거요. 고양이가 우유를 핥듯,

　그들은 어떤 일에도 맞장구를 칠 거요,

　우리가 이때라고 하면.

세바스찬 당신의 경우를, 소중한 친구,

　나의 선례로 삼겠소. 당신이 밀라노를 가졌듯,

　난 나폴리를 손에 넣으리다. 칼을 뽑으시오. 한 방이면

　당신은 당신이 바치는 조공으로부터 해방될 거요,

　그리고 왕인 내가 당신을 사랑할 거요.

안토니오 함께 뽑지요.

그리고 내가 팔을 치켜들면, 당신도 똑같이
곤잘로를 내리치시오.

둘이 칼을 뽑는다.

세바스찬 오, 근데 한 마디만.

음악 및 노래와 함께 에어리엘〔보이지 않는다〕 등장

에어리엘〔곤잘로에게〕 내 주인께서 마법을 통해 미리 보셨어요.

그분의 친구인 당신이 처한 위험을—그리고 저를 보내셨어요,
아니면 그분 계획이 망가지니까요, 당신을 살리라 하셨어요.

〔곤잘로 귀에 대고 노래를 부른다〕

당신이 여기 코를 골며 누워 있는 동안
눈을 뜬 음모가
기회를 잡았어요.
만일 목숨이 소중하면 당신,
잠을 떨쳐 내요, 그리고 경계해요.
일어나요, 잠을 깨요!

안토니오〔세바스찬에게〕 그럼 둘 다 한꺼번에 내리치는 겁니다.

곤잘로〔깨어나며〕 으음 착한 천사들,

왕을 지켜 주소서!

알론소〔깨어나며〕 이런, 어떻게 된 거지? 호, 일어들 나라!

〔모두 잠에서 깬다〕

〔안토니오와 세바스찬에게〕 왜 칼을 빼 들고 섰는가?
〔곤잘로에게〕 왜 이런 무서운 표정들이지?

곤잘로 무슨 일이오?

세바스챤 우리가 여기 서서 대왕의 휴식을 지키고 있는데,

　　　방금 들렸습니다. 뭔가 공허하게 짖는 소리가,

　　　수소, 아니 사자 소리 같았어요. 그 소리 때문에 깨시지 않았

　　습니까?

　　　아주 끔찍한 소리였는데요.

알론소 자네 들었나, 곤잘로?

곤잘로 제가 들은 것은, 폐하, 콧노래 소리였는데요,

　　　그것도 아주 기묘한, 그 소리에 저는 깼습니다.

　　　제가 폐하를 흔들었어요, 그리고 외쳤죠. 제 눈이 열리면서

　　　무기를 뽑은 그들이 보였습니다. 소리가 있었어요,

　　　그건 사실이에요. 경계를 잘 서야겠습니다,

　　　아니면 이 자리를 뜨든가. 모두 무기를 뽑아 둡시다.

알론소 여기를 벗어나자, 그리고 더 찾아보자,

　　　나의 불쌍한 아들을.

곤잘로 하늘이시여, 그를 이런 짐승들로부터 보호해 주소서!

　　　그는 분명 섬에 있으니까요.

알론소 앞장들 서게.

　　　에어리얼 외에 모두 퇴장

에어리얼 프로스페로 주인님께 내가 한 일을 말씀드려야지.

　　　그래, 왕이여, 무사히 다니시다 당신 아들을 찾기 바랍니다.

　　　퇴장

2막 2장

　　　　　조잡한 재료로 만든 느슨한 작업복을 걸치고 칼리반 등장,
　　　　　나무를 한 짐 졌다.

칼리반 〔짐을 집어던지며〕 온갖 전염병들, 태양이 수렁에서, 늪에서,
　　습지에서
　　　　빨아올리는 온갖 질병들 프로스페로한테 좀 안 떨어지나,
　　　　매 인치마다 질병치레 좀 하게 해라!
　　　　　〔천둥소리 들린다〕
　　　　그의 정령들이 듣나 보다.
　　　　그렇지만 저주를 멈출 수야 없지. 하긴 그들은 꼬집지도,
　　　　고슴도치 떼로 날 놀래키지도, 진창에 처박지도 않아,
　　　　어둠 속 횃불로 나를
　　　　길 잃게 하지도 않지, 그가 명하지만 않으면. 그치만
　　　　사사건건 그들이 날 골탕먹인단 말야.
　　　　어떤 때는 원숭이처럼, 싱긋 웃고 내게 재잘대다가는
　　　　날 물어 버리지 않나, 또 어떤 때는 고슴도치처럼,
　　　　맨발로 걷는 내 발밑에 굴러 떨어져서는 세운단 말야,
　　　　가시를 내 발자국에다. 어떤 때는 내가
　　　　독사들한테 친친 감기는데, 그놈들 갈라진 혓바닥이

쉭쉭거리면 난 정말 미쳐 버려.

〔트린쿨로 등장〕

어이구, 어쩌냐!

그의 정령이 오고 있다. 나를 괴롭히려는 거야,

나무를 늦게 가져온다고. 땅에 납작 몸을 붙여야지.

혹시 날 못 볼지도 모르니까.

칼리반이 눕는다.

트린쿨로 여긴 날씨를 피할 수풀도 관목도 전혀 없구나. 폭풍우가
또 일 것 같은데. 바람 소리가 심상찮아. 저쪽 검은 구름, 저기
거대한 구름은, 가죽 술푸대 같은 게 술을 질질 흘릴 태세군.
아까처럼 천둥이 친다면, 어디다 머리를 숨기란 말이냐. 저 구
름이 분명 세숫대야로 붓듯 폭우를 내릴 텐데. 〔칼리반을 보며〕
이게 뭐지, 사람이야 물고기야? 죽었나 아니면 살았나?—물
고기군, 물고기 냄새가 나, 썩어 문드러진 생선 같은 냄새, 말
린 대구 비슷한. 이상한 물고기군! 여기가 영국이라면, 예전
에 한 번 가 봤지만, 이 물고기에 색칠을 해 놓으면, 휴일 바보
들이 너나없이 은전 한 닢씩 내놓을 텐데. 거기라면 이 괴물이
한몫할 거야. 거기선 어쨌든 괴물 하면 환장을 하니까. 절름발
이 거지한테는 동전 한 푼 적선 안 하면서, 죽은 인디언 구경
에는 열 푼도 내니까. 사람처럼 다리가 달렸네, 그리고 지느러
미는 꼭 팔 같아! 따스하네, 정말! 이제 내 의견을 말하겠다,
더 이상 입 다물지 않고. 이것은 물고기가 아냐, 섬 주민이 최
근 벼락을 맞고 죽은 거야.

〔천둥소리〕

이런, 폭풍우가 다시 오네. 이놈의 꺼칠한 작업복 밑에라도 기어드는 게 상책이겠다. 주변에 다른 피난처가 없으니. 비참이 이상한 놈과 동침케 하는구나. 이거나 뒤집어써야지, 폭풍우 술벼락이 지나갈 때까지.

트린쿨로가 칼리반의 작업복 밑으로 몸을 숨긴다.
스테파노, 손에 나무 병을 들고 노래를 부르며 등장

스테파노   다시는 바다로 안 나갈 거야, 다시는—
            여기 뭍에서 죽어야지—
        장례식 때 부르기에는 노래가 좀 치사하군.
        뭐, 이게 위로가 되니까.
            〔술을 마시고 나서 노래한다〕
            선장, 자루걸레 담당 선원, 갑판장, 그리고 나,
            대포 담당이자 그의 친구인 나는
            사랑했어, 몰, 메그, 그리고 매리언 그리고 마저리를,
            하지만 아무도 케이트를 사랑하지 않았지.
            그넌 혓바닥에 독침이 있었거든,
            선원한테 고래고래 악을 썼지 '목매달아 죽일 놈!'
            타르 냄새도 역청 냄새도 기겁을 했지,
            하지만 재단사는 또 몰라, 그녀의 가려운 데를 긁어 줬
            는지.
            그러니 바다로 가세, 여보게들, 그녀는 목이나 매달라
            그러고!
            그러니 바다로 가세 〔기타 등등〕.
        이것도 치사한 노래야. 하지만 이게 있으니까.

스테파노가 술을 마신다.

칼리반 〔트린쿨로에게〕 날 괴롭히지 말아요! 오!

스테파노 뭐야? 여기 악마가 사나? 야만인과 인디언으로 술수를
부려 보겠다는 거냐, 하? 내가 네발 달린 놈한테 겁먹으려고
물에 빠졌다 살아난 게 아니란 말씀. 옛말에 이런 게 있지. '네
발로 걷는 제대로 된 인간 중 그 누구도 그를 패퇴시키지 못하
리라.' 그 말 그대로야. 스테파노가 콧김을 내뿜는 한에는.

칼리반 정령이 날 괴롭힌다. 오!

스테파노 이 섬에 사는 네발 달린 괴물인데, 내가 보기에는, 열 때
문에 발작이 이는 모양이야. 이놈이 우리 말은 어디서 배웠을
꼬? 좀 편하게 해 줘야겠다. 발작 정도라면, 이놈 병을 고치고
길을 들여서 나폴리로 데려가면 쇠가죽 신발 신은 어느 황제
에게도 좋은 선물이 될 거야.

칼리반 〔트린쿨로에게〕 날 괴롭히지 마요, 제발! 나무를 더 빨리 져
올게.

스테파노 또 발작이야, 헛소리를 지껄이는 걸 보니. 내 술병 맛을
보여 주마. 전에 포도주를 마신 적이 없다면, 발작 없애는 데
특효가 있을 거야. 이놈 병을 고쳐서 집에 데려가면 부르는 게
값일 터. 이놈은 그만한 값어치가 있어, 아주 확실한 돈벌이감
이니까.

칼리반 〔트린쿨로에게〕 아직은 별로 아프게 안 하는군. 이제 본격적
으로 시작할 테지, 몸을 부들부들 떠는 걸 보면 알지. 프로스
페로가 마법을 부리는 거야.

스테파노 자 자. 입을 벌려라. 이걸 마시면 말을 제대로 하게 될 거

다, 고양아. 입을 벌려. 이 술이 흔들어 줄 거야, 네놈 흔들림을, 내 장담하지, 아주 확실하게. 누가 친구인지도 분간 못하니. 턱주가리를 벌리라니까.

칼리반이 술을 마신다.

트린쿨로 이 목소리는 분명 그잔데. 틀림없어—하지만 그잔 물에 빠져 죽었잖아, 악만가 보다. 오, 살려 주세요!

스테파노 다리는 네 개고 목소리는 두 개라—정말 정교하게 만들어진 괴물이군! 앞쪽 목소리는 친구를 칭찬하는 데 쓰고, 뒤쪽 목소리는 욕하고 지랄하라는 건가. 술병에 든 술을 전부 멕여야 고칠 수 있다 해도, 발작을 고쳐 줘야겠다. 자.

〔칼리반이 술을 마신다〕

아멘. 다른 입에도 좀 부어 줘야지.

트린쿨로 스테파노!

스테파노 다른 입으로 날 부른다? 주여, 자비를! 이건 악마야, 괴물이 아니라구. 도망가야지. 난 긴 숟가락이 없거든.

트린쿨로 스테파노! 네가 스테파노라면, 나를 만지고 내게 말을 해 봐, 나 트린쿨로라구. 겁먹지 마. 너의 착한 친구 트린쿨로라니까.

스테파노 네가 트린쿨로라면, 이리 나와. 짧은 쪽 다리를 잡아끌게. 트린쿨로의 다리가 있다면, 이게 맞겠지.

〔트린쿨로의 발을 잡고 끌어낸다〕

자네 정말 진짜 트린쿨로일세! 어떻게 이 달-괴물의 똥으로 나온 거야? 괴물이 트린쿨로를 똥으로 싼 거야?

트린쿨로 〔일어나면서〕 난 벼락 맞아 죽은 놈인 줄 알았지. 근데 물에 빠져 죽지 않았나, 스테파노? 안 그런 것 같으이. 폭풍우는 지나갔나? 난 폭풍우가 두려워 이 죽은 달-괴물 작업복 속에 숨었지. 근데 자네 살아 있는 거야, 스테파노? 오 스테파노, 나폴리 사람 둘이 살아났구나!

> 트린쿨로가 스테파노 몸을 돌리며 춤을 춘다.

스테파노　제발, 내 몸을 돌리지 마. 속이 메스꺼워.
칼리반　높은 분들인가보다. 정령들이 아니라면.
　　　　저분은 근사한 신이셔, 천상의 물도 갖고 계시잖아.
　　　　난 무릎을 꿇을 거야.

> 칼리반이 무릎을 꿇는다.

스테파노　(트린쿨로에게) 어떻게 살아남았어? 어떻게 이리로 왔지? 이 병에 맹세하고 말해 봐. 난 선원들이 바다에 내버린 술통 조각을 타고 살았어, 이 병에 대고 맹세하지만—이건 내가 뭍에 오른 이래 내 손으로 직접 나무껍질을 벗겨 만든 거지.
칼리반　저는 그 병에 대고 맹세합니다, 당신의 진실한 부하가 되기를, 그 물은 지상의 것이 아니거든요.
스테파노　(트린쿨로에게 병을 내밀며) 자. 이제 말해 봐, 어떻게 살아났는지.
트린쿨로　좆나게 헤엄쳤지, 이 사람아, 오리처럼. 난 오리처럼 헤엄칠 수 있어, 맹세해도 좋아.
스테파노　자, 이 책에 입 맞출지어다.
　　　　(트린쿨로가 술을 마신다)
　　　　헤엄은 오리처럼 칠지 몰라도, 자넨 거위 꼬락서니 아닌가.

트린쿨로 오 스테파노, 더 좀 없나?

스테파노 잔뜩 있지, 이 사람아. 내 오두막은 바닷가 바위 속에 있
는데, 거기 포도주를 숨겨 두었지.

〔칼리반이 몸을 일으킨다〕

어떠냐, 달-괴물? 발작은 좀 가셨나?

칼리반 하늘에서 떨어지신 분이 아니십니까?

스테파노 달에서 왔다, 이놈아. 난 한때 달 속의 인간이었지.

칼리반 달 속에 계신 당신을 뵈었습니다. 그리고 당신을 정말 숭
배해요.

제 여주인이 당신을 보여 주었죠, 당신의 개와 수풀도요.

스테파노 자, 그 말에 맹세를 해야지. 책에 입 맞출지어다. 내가 이
제 그것을 새로운 내용으로 채울 것이니. 맹세하라.

칼리반이 술을 마신다.

트린쿨로 이 태양에 맹세코, 정말 별 볼일 없는 괴물이잖아! 내가
이놈을 두려워하다니! 아주 허약한 괴물인데! 잘 마셨다, 괴
물아, 정말!

칼리반 〔스테파노에게〕 제가 이 섬의 비옥한 곳을 꼼꼼히 안내해 드
릴게요, 그리고 당신 발에 입 맞출게요. 부디, 저의 신이 되어
주십시오.

트린쿨로 이 태양에 맹세코, 아주 기만적이고 술 취한 괴물이로다!
신이 잠들면, 술병을 훔칠 놈이야.

칼리반 〔스테파노에게〕 당신의 발에 입 맞추겠습니다. 맹세합니다,
당신의 부하임을.

스테파노 해 봐, 그럼. 무릎을 꿇고, 맹세를 해라.

칼리반이 무릎을 꿇는다.

트린쿨로 이 대가리 텅 빈 괴물 때문에 우스워 죽겠네. 정말 치사한
괴물이로다! 이놈을 때려 줄까 보다―.

스테파노 〔칼리반에게〕 자, 입을 맞추라.

칼리반이 스테파노의 발에 입을 맞춘다.

트린쿨로 하긴 저 불쌍한 괴물은 취했으니. 에이, 구역질 나는 괴물!

칼리반 제가 제일 좋은 샘물로 안내할게요. 제가 딸기를 따 드리구요,
당신을 위해 고기를 잡구요. 나무도 충분히 해 올게요.
내가 섬겼던 폭군은 역병에나 걸려 뒈져라!
전 더 이상 그놈의 매를 견디지 않을 거예요. 당신을 따르겠습
니다.
당신은 놀라우신 분이에요.

트린쿨로 정말 우스꽝스러운 괴물이다. 형편없는 술주정뱅이더러 놀
라우신 분이라니!

칼리반 〔스테파노에게〕 부디, 돌능금이 자라는 곳으로 당신을 모시게
해 주세요,
그리고 제가 저의 긴 손톱으로 히코리를 캐 드릴게요,
어치 둥지를 보여 드릴게요. 그리고 가르쳐 드릴게요,
민첩한 명주원숭이 잡는 법을. 당신을 모셔 갈게요,
개암들이 몰려 있는 곳으로. 그리고 때로는 당신께 갖다 드릴
게요.
바위에서 갈매기 새끼들을.

스테파노 제발, 더 이상 떠들지 말고 길을 안내해 다오.―트린쿨로,

왕과 다른 일행들이 모두 물에 빠져 죽었으니, 우리가 여기를
물려받세.—옜다, 내 술병을 들어라.—여보게 트린쿨로, 술병
을 차차 다시 채우자구.

칼리반 〔술 취해 노래 부른다〕 잘 있거라, 주인 놈아, 잘 있거라, 이제
　　　　안녕이다!

트린쿨로 꽤나 껄껄대는군, 술 취한 괴물이야!

칼리반 〔노래한다〕 더 이상 둑을 치지 않을 거야, 물고기를 잡겠다고,
　　　　땔감도 안 가져올 거야,
　　　　요구한다 해도,
　　　　나무 접시를 문지르지도, 설거지도 안 할 거야.
　　　　반, 반, 칼리반
　　　　새 주인이 생겼네—딴 사람을 찾아보라구!
　　　자유, 휴일! 휴일, 자유! 자유, 휴일, 자유!

스테파노 오 근사한 괴물이야! 앞장서라.

모두 퇴장

제3막

신들의 분노를 피하려면 오로지 마음의 슬픔
그리고 잇따르는 순결한 삶이 유일한 방책이니라.

3막 1장

페르디난드 통나무를 들고 등장

페르디난드 어떤 놀이는 힘들지만, 내재한 기쁨이
　　그 수고를 상쇄하지. 비천함을
　　고결하게 견디는 경우가 있어,
　　그리고 아주 가난한 문제가 부유한 결과를 가리키는 경우도.
　　내가 하는 이 잡일은 악취 나고 또 무겁다. 다만
　　내가 모시는 아가씨가 죽은 것을 되살리네,
　　그리고 내 수고를 기쁨으로 만든다. 오, 그녀는
　　열 배나 상냥하지, 그녀 아버지가 심술궂고
　　성정이 거친 것보다,
　　그리고 그는 왜 그리 무정할까. 나는
　　수천 개나 되는 통나무를 옮기고 쌓아야 해,
　　가혹한 명령이지. 내 상냥한 아가씨는
　　우신다고, 내가 일하는 걸 볼 때마다, 그리고 말하시지, 이렇
게 심하게 구는
　　아버지는 뵌 적이 없다고. 일하는 걸 깜빡했네,
　　하지만 이런 달콤한 생각들이 정말 내 수고조차 상큼하게
하지,

일을 할 때, 가장 부지런하게.

　　　　미란다, 그리고 약간 떨어져서 프로스페로 등장

미란다　아, 제발

　　　그리 심하게 일하지 마셔요. 번개가

　　　태워 버렸으면 좋겠어요, 당신이 쌓아야 하는 그 통나무들을.

　　　제발 내려놓아요, 좀 쉬세요. 불에 탈 때

　　　통나무는 울 거예요, 당신을 힘들게 했다고. 제 아버님께서는

　　　책 읽느라 열심이셔요. 부디, 좀 쉬세요.

　　　세 시간 동안은 안 오실 거예요.

페르디난드　오 나의 소중한 아가씨,

　　　해가 질 거예요, 제가

　　　하려는 일을 다 마치기 전에.

미란다　앉아 계시면

　　　제가 그동안 통나무를 나를게요. 이리 주세요,

　　　제가 가서 쌓을게요.

페르디난드　안 되오, 귀하신 분이.

　　　내 근육이 찢어지고, 내 등이 깨지는 게 낫지,

　　　내가 게으름을 피우며 앉아 있는 동안

　　　당신에게 그런 불명예를 겪게는 못 하오.

미란다　저한테 어울릴걸요,

　　　당신한테 어울리는 만큼은. 그리고 일이

　　　훨씬 쉽겠죠, 전 좋아서 하는 거고,

　　　당신은 싫어도 하시는 거잖아요.

프로스페로　〔방백〕불쌍한 것, 사랑 병에 걸렸구나.

이렇게 찾아온 걸 보면 알지.

미란다 [페르디난드에게] 지쳐 보이셔요.

페르디난드 아니오, 고결한 아가씨, 내겐 상쾌한 아침이오.
　　　당신이 내 곁에 있는 밤이. 정말 부탁이오만,
　　　기도 때 집어넣으려고 그러는데,
　　　이름을 가르쳐 주실 수 없겠소?

미란다 미란다. 어마 아버지께서
　　　가르쳐 주지 말라셨는데!

페르디난드 미려하신 미란다!
　　　정말 미려의 정상이시오, 가치가
　　　세상에 가장 소중하오. 꽤 많은 여인들에게
　　　나는 괜찮다는 눈을 주었소. 그리고 여러 차례
　　　그들의 혓바닥이 사로잡았죠,
　　　나의 주의력 과민한 귀를. 몇 가지 미덕 때문에
　　　좋아했던 여인들도 몇 있소. 결코 누구도
　　　완벽한 영혼은 없고 이런저런 결점이
　　　그녀가 지닌 가장 고결한 미덕과 싸우더군요,
　　　그리고 망가트리더군요. 그러나 그대는, 오 그대는,
　　　이리도 완벽하고 비길 데 없으니, 온갖 피조물의
　　　가장 좋은 점만으로 빚어낸 분 같소.

미란다 저는 몰라요,
　　　저와 같은 성은 한 명도, 어떤 여자 얼굴도 기억이 안 나죠,
　　　제 거울에 비친 제 얼굴밖에는. 마찬가지죠,
　　　남자라고 부를 수 있는 사람은 당신, 좋은 친구 분과
　　　사랑하는 제 아버님밖에 못 봤어요. 다른 데 사람들 외모가

어떤지 저는 몰라요. 하지만, 제 순결에 맹세코,

결혼 지참금의 보석인 처녀성에 맹세코, 전 아무도 원치 않

아요,

이 세상에서 제 반려로 당신밖에는.

상상을 해 봐도 그 모습은

당신으로 될 뿐이죠. 아 그런데 제가

너무 함부로 지껄이네요. 아버님의 가르침을

깜빡했어요.

페르디난드 나는 신분이

왕자요, 미란다. 아니 정말 왕이 된 듯하오—

유감이지만—그리고 견디지 않을 것이오,

이 나무 노예 짓을, 송장 쉬파리가

내 입에 알 까는 것을 두고 보지 않을 것이듯. 내 영혼의 말을

들어 줘요.

당신을 처음 본 순간

제 가슴은 당신을 모시기 위해 날아갔죠, 거기서 살며

저를 그 일에 노예로 만들고요. 그리고 당신을 위해

저는 이렇게 참을성 있는 통나무 짐꾼이 되었답니다.

미란다 저를 사랑하세요?

페르디난드 오 하늘이여, 오 땅이여, 제 말에 증인이 되어 주소서,

그리고 제가 천명하는 내용에 좋은 결과를 왕관으로 씌워 주

시오,

제가 진실을 말한다면! 만일 거짓이라면, 뒤집으시오,

내게 예언된 최선의 것을 불행 쪽으로! 나는,

세상 다른 모든 것의 온갖 제한을 넘어,

정말로 사랑하고, 아끼고, 존경하오, 당신을.

미란다 〔울면서〕 전 바본가 봐요,

　　기쁜 일에 눈물을 흘리다니.

프로스페로 〔방백〕 아름다운 만남이로다,

　　아주 희귀한 두 사랑의! 하늘이여 은총을 비처럼 내려 주소서,

　　그 둘 사이 생겨나는 것에.

페르디난드 〔미란다에게〕 왜 우시는 거죠?

미란다 제 자신이 초라해서요, 감히 못 건네드리잖아요,

　　드리고 싶은 것을, 그리고 훨씬 적게 받아들이죠,

　　제가 죽을 듯 원하는 것을. 하지만 별수 없어요,

　　스스로 숨으려 할수록

　　더 큰 몸피가 드러나니까요. 그러니 교활한 부끄러움을 벗어

버리고,

　　솔직하고 성스럽게 말할래요.

　　저는 당신의 아내입니다, 당신이 저와 결혼해 주신다면.

　　아니라면, 저는 당신의 처녀로 죽겠어요. 당신의 반려가 되

는 걸

　　거절하시면, 저는 당신의 시녀라도 되겠어요,

　　당신이 원하시든 않든.

페르디난드 〔무릎을 꿇으며〕 나의 연인, 가장 소중한,

　　저는 이렇게 영영 무릎을 꿇습니다.

미란다 제 남편이 되어 주시겠다구요?

페르디난드 예, 아주 기꺼이,

　　예속이 해방을 기꺼워하듯. 내 손을 잡아요.

미란다 그리고 제 손을, 그 안에 든 마음과 함께. 그리고 이제 안녕,

반 시간 동안만.

페르디난드 천 번의 천 번이라도.

  미란다와 페르디난드 따로따로 퇴장

프로스페로 그들만큼 내가 기쁠 수는 없겠지,
  그들은 온통 어쩔 줄 모를 정도니까, 하지만 다른 어느 것도
  날 이만큼 기쁘게 하지 못할 거야. 가서 마법 책을 읽어야겠다.
  저녁 먹기 전에 아직
  해 둬야 할 일이 많으니까.

  퇴장

3막 2장

칼리반, 스테파노, 그리고 트린쿨로 등장

스테파노 〔칼리반에게〕 입 닥쳐. 술통에 술이 떨어지면 물을 마실 거야, 그 전엔 한 방울도 안 돼. 그러니 공격의 돛을 올리고 올라타란 말이다. 하인 괴물아, 나를 위해 건배하라.

트린쿨로 하인 괴물? 거참 터무니없는 섬일세! 이 섬에 사람이 딱 다섯이랬잖아. 우리 셋에, 나머지 둘 대가리도 이 지경이면, 나라가 망하지.

스테파노 마셔라, 하인 괴물아, 내가 마시라면. 너의 두 눈깔이 취하니까 제대로 박히잖니.

트린쿨로 두 눈깔이 어디 가겠어? 꼬리에 박혔다면 정말 가관이지.

스테파노 내 사람-괴물은 혓바닥을 술통에 익사시켰구나. 나로 말하자면, 바다도 나를 익사시키지 못했다구. 난 헤엄쳤다구, 뭍에 오르기 전까지 35리그나, 밀려갔다 밀려왔다 하면서 말야. 이 태양에 맹세코, 너는 내 부관이 될 거야, 괴물, 아니면 깃발 소위라도 시켜 주마.

트린쿨로 원한다면 부관이 좋겠지, 제 몸도 못 세우는 놈이 무슨 깃발.

스테파노 뛰지는 마시게, 괴물 선생.

트린쿨로 건지도 않을걸. 그냥 개처럼 자빠져 눕겠지, 그러고도 말
은 한 마디도 못해요.

스테파노 달-괴물, 뭐라고 말을 해 봐, 쓸 만한 달-괴물이라면.

칼리반 기분이 어떠신가요, 나리? 신발을 핥아 드릴게요.
저 사람은 안 모실래요, 용감하질 못하니까요.

트린쿨로 자빠지고 있네, 정말 무식한 괴물이군! 난 필요하면 경관
하고도 을러대는 사람이야. 이런, 썩어 빠진 물고기가, 이놈,
어떤 겁쟁이가 오늘 나처럼 술을 퍼마시대? 정말 괴물 같은
헛소리 지껄일래, 반은 물고기고 반은 괴물인 주제에?

칼리반 〔스테파노에게〕 어라, 나를 조롱하네! 저자를 그냥 두시렵니
까, 주인님?

트린쿨로 주인님이라 했나? 괴물 놈이 자연스런 티를 내겠다 이
거지!

칼리반 〔스테파노에게〕 저봐요, 또! 죽도록 물어뜯어 주세요, 부디.

스테파노 트린쿨로, 말을 좀 가려 쓰게. 항명을 하게 되면, 다음 나
무가 네 교수대가 될 거야. 불쌍한 이 괴물은 나의 신하다, 그
러니 모욕을 주면 안 되지.

칼리반 감사합니다, 고결하신 주인님. 괜찮으시다면
다시 한 번 귀를 기울여 주시겠습니까, 제가 주인님께 드리
는 청원에?

스테파노 좋아, 들어주겠노라. 무릎을 꿇고 다시 한 번 말해 봐라.
나는 서 있겠다. 트린쿨로도 서 있고.

칼리반이 무릎을 꿇는다.
에어리엘 등장〔보이지 않는다〕

칼리반 전에도 말씀드렸듯이, 제가 시중들고 있는 자는 폭군입니다,

마법사구요. 그리고 그가 술수로 내게서 이 섬을 빼돌렸습니다.

에어리엘 거짓말이야.

칼리반 〔트린쿨로에게〕네가 거짓말이다, 이 원숭이 광대 놈, 네가.

나의 용감한 주인님이 널 박살 냈으면 좋겠어.

난 거짓말 안 해.

스테파노 트린쿨로, 그의 이야기를 더 이상 방해하면, 이 손으로, 이

빨을 몇 개 뽑아 버릴 테다.

트린쿨로 아니, 난 아무 소리도 안 했어.

스테파노 잠자코 있어, 그럼, 더 이상은 안 돼. 〔칼리반에게〕계속하라.

칼리반 마법으로 이 섬을 챙겼다고 제가 말씀드렸죠,

나한테서 빼앗아 갔어요. 주인님께서

그자에게 복수를 해 주신다면—과감하게 그렇게 하시리라 믿

으니까요,

하지만 이 물건은 감히 못하죠—.

스테파노 그거야 그렇지.

칼리반 주인님께서 이 섬을 가지십시오, 그리고 저는 주인님을 모시

겠습니다.

스테파노 어떻게 하면 되지? 나를 그들에게로 데려다 줄 수 있겠느냐?

칼리반 예, 예, 주인님. 그자가 잠들었을 때 건네드릴 테니까

그자 머리에 대못을 박으십시오.

에어리엘 거짓말이야, 넌 못해.

칼리반 정말, 이런 바보 같은 광대 봤나! 〔트린쿨로에게〕이 치사한 누

덕쟁이 같으니!

〔스테파노에게〕진정 부탁하오니 주인님께서 이자를 때려 주십

시오,

그리고 병을 빼앗으세요. 그게 없으면

이자는 소금물밖에 못 마시게 될걸요, 이자한테는 안 알려 줘요,

물살 빠른 샘물이 있는 곳을.

스테파노 트린쿨로, 더 이상 위험을 자초하지 말게. 이 괴물 말에 한

마디라도 토를 달면, 이 손으로, 내가 자비를 문밖으로 내쫓고

자넬 마른 생선처럼 패 댈 거야.

트린쿨로 아니, 내가 어쨌다고? 난 아무 말 안 했어. 좀 떨어져 있어

야겠군.

스테파노 자네 그가 거짓말한다고 하지 않았나?

에어리엘 거짓말이야.

스테파노 내가 그렇다? 〔트린쿨로를 때리며〕 이거나 먹어라. 이 맛이 괜

찮으면, 다시 한 번 내가 거짓말쟁이라고 그래 봐.

트린쿨로 내가 안 그랬다니까. 정신이 나가더니 귀까지 어떻게 됐나?

그 빌어먹을 놈의 술병! 술을 그렇게 처먹었으니. 니 괴물한테

역병이나 씌어라. 그리고 악마한테 네 손가락이나 잘려라.

칼리반 하, 하, 하!

스테파노 자 얘기를 계속하라. 〔트린쿨로에게〕 자네는, 더 떨어져 있게.

칼리반 흠씬 패 주세요, 조금 있다가

저도 때리게요.

스테파노 〔트린쿨로에게〕 물러서 있어. 〔칼리반에게〕 자, 계속해 봐.

칼리반 예, 제가 말씀드렸듯이, 그의 습관이에요.

오후에 잠을 자는 게. 그때 주인님께서 머리를 부숴 버리는 거

예요.

우선 그의 마법책을 빼앗아야죠. 아니면 통나무로

해골을 빠수든가, 혹은 작대기로 내장을 파헤치든가,

아니면 숨통을 끊는 거예요, 주인님 식칼로. 기억하세요,

우선 마법책을 뺏어야 해요, 그게 없으면

그자는 저와 마찬가지로 멍청한 바보거든요, 없지요,

명령할 정령이 하나도—정령들은 모두 그자를 증오해요,

저처럼 뿌리 깊게. 그 책만 태워 버리세요.

그자는 근사한 가재도구들이 많아요, 그자가 가재도구라더

군요,

그가 집을 갖게 되면 그걸로 꾸밀 거라 했어요.

그리고 가장 깊게 생각해야 할 건

그자 딸이 미녀라는 겁니다. 그자 스스로

그녀를 비길 바 없다 하더군요. 제가 본 여자라고는

제 어머니 시코락스와 그녀뿐이지만,

그녀와 시코락스의 차이는

최고와 최소의 그것이죠.

스테파노 그렇게 근사한 처년가?

칼리반 예, 주인님. 주인님 침대에 어울릴 겁니다. 제가 보증하죠,

그리고 근사한 자식들을 낳아 줄 겁니다.

스테파노 괴물아, 내가 그자를 죽이겠다. 그의 딸과 나는 왕과 왕

비가 되는 거야—신이여, 우리의 등극에 가호를!—그리고 트

린쿨로와 자네는 총독을 시켜 주지. 어때 괜찮은 생각이지, 트

린쿨로!

트린쿨로 탁월하십니다.

스테파노 자네 손을 주게. 때려서 미안하네. 하지만 살아 있는 동안,

말을 삼가게.

칼리반 앞으로 반 시간 안에 그자는 잠이 들 겁니다.

그때 죽여 버리시죠?

스테파노 그러지, 내 명예를 걸고.

에어리엘 〔방백〕 난 가서 주인님께 일러 줘야지.

칼리반 그 말씀을 들으니 기쁘군요, 기쁨이 넘쳐요.

우리 재밌게 놀지요. 주인님께서 가락을 잡아 주시죠.

방금 전 제게 가르쳐 주셨잖아요?

스테파노 네가 원한다면, 괴물, 뭐든 하지, 말이 되는 거라면 뭐든.—

자, 트린쿨로, 우리 노래 부르세.

〔노래한다〕

경멸하고 조롱하는 거야, 놈들을,

조롱하고 경멸하는 거지, 놈들을.

생각은 내 맘이니까.

칼리반 그 노래가 아닌데요.

에어리엘이 작은 북과 피리를 반주로 선율을 연주한다.

스테파노 이건 뭐지?

트린쿨로 이건 우리 노래 선율이잖아, 희극 무명 씨 그림이 연주하는.

스테파노 〔에어리엘에게 고함친다〕 이놈, 사람이면 보여라, 네 꼬라지를.

악마라면, 니 맘대로 해 봐.

트린쿨로 오, 제가 지은 죄를 용서해 주소서!

스테파노 죽으면 그만이지. 〔외친다〕 네 이놈—.

살려 주세요!

칼리반 겁나십니까?

스테파노 아니다, 괴물, 난 아니지.

칼리반 겁먹을 것 없습니다. 이 섬은 가득 차 있죠. 소음과

소리, 그리고 달콤한 선율들이, 기쁨을 줄 뿐 아프게는 안 해요.

어떤 때는 천 개의 쨍글대는 악기들이

콧노래와 함께 내 귀를 때려요. 그리고 어떤 때는 목소리가 들

리는데

그때 내가 오랜 잠에서 깨어나는 중이었더라도

다시 잠들게 만들 정도예요. 그리고 꿈속에서

구름이 열리고 진귀한 것들을 보여 주는데

곧 내게 쏟아질 것 같아서, 잠에서 깨면

다시 꿈꾸고 싶어 울 지경이죠.

스테파노 정말 근사한 왕국이 되겠구나, 돈 한 푼 안 들이고도 음악

을 들을 수 있으니.

칼리반 프로스페로를 죽이면.

스테파노 곧 그렇게 될 거다. 그 얘기는 알고 있다.

에어리엘, 음악을 연주하며 퇴장

트린쿨로 음악이 사라지고 있네. 음악을 따라가 보세, 그리고 그 후

우리 일을 하자구.

스테파노 안내하라, 괴물, 우리가 뒤따르마. ─이 작은 북 연주자가

보고 싶구나. 참 열심이잖나.

트린쿨로 [칼리반에게] 오겠나? 난 스테파노를 따라갈 거야.

모두 퇴장

3막 3장

알론소, 세바스찬, 안토니오, 곤잘로, 아드리안, 그리고
프란치스코 등장

곤잘로 〔알론소에게〕성 처녀께 맹세코, 전 더 이상 못 갑니다, 폐하.
　　제 늙은 뼈마디가 쑤시네요. 정말 미로를 지나왔습니다,
　　곧은 길과 꾸불꾸불한 길의. 괜찮으시다면,
　　여기서 좀 쉬어야겠습니다.
알론소 연로하시니, 탓할 일이 아니죠,
　　나도 너무 께느른하여
　　정신이 혼미할 지경인데요. 앉아서 쉬세요.
　　바로 여기서 희망을 꺼야겠소. 그리고 더 이상 그것을 품지
　　않겠소, 아첨꾼과 같이. 그는 익사한 거요,
　　우리가 이렇게 길을 잃고 찾아 헤매지만, 그리고 바다가 조
　　롱하오,
　　우리의 쓸데없는 육지 탐사를. 그래요, 그를 보냅시다.

　　그들이 앉는다.

안토니오 〔세바스찬에게 방백〕그가 희망을 버리니 잘된 일입니다.
　　한 번 실패했다고 버리지 마시오,

당신이 결행하려던 목적을.

세바스찬 〔안토니오에게 방백〕 다음번 기회를
철저히 활용합시다.

안토니오 〔세바스찬에게 방백〕 오늘 밤이 좋겠지요,
그들이 걷느라 지쳤으니까.
보초를 서지도 설 수도 없을 거요,
팔팔할 때처럼.

세바스찬 〔안토니오에게 방백〕 오늘 밤. 이제 그만.

숭고하고 기묘한 음악. 위에 프로스페로 등장하나 보이지 않는다.

알론소 이게 웬 화음이지? 나의 착한 친구들, 쉿.

곤잘로 정말 감미로운 음악이로다.

각각 기묘한 형상으로 요정들 등장, 탁자와 음식을 들여온다.
그리고 부드러운 동작으로 춤을 추며 그 주변을 돈 다음 왕과
그의 친구들에게 드시라고 권하고 사라진다.

알론소 친절한 수호신을 우리에게 내리소서, 하늘이시여! 이게 뭐
였지?

세바스찬 진짜 배우들의 인형극인가. 이제 난 믿을 거야,
일각수가 있다는 말을. 아라비아에
나무가 하나 있는데, 불사조의 왕좌라는 거, 웬 불사조가
지금 그곳에서 왕 노릇을 하고 있다는 말도 믿겠어.

안토니오 나도 그 말 둘 다 믿을 거야,
그리고 어떤 다른 믿기 힘든 소리가 들려도,
그게 사실이라고 맹세할 거야. 여행자들은 결코 거짓말을

안 해,

　　집에 죽치고 있는 바보들은 그들을 욕하지만.

곤잘로　나폴리에서

　　내가 이 얘기를 한다면, 사람들이 나를 믿을까―

　　이런 섬사람들을 봤다고 내가 얘기한다면?

　　분명 이 섬에는 사람들이 있는 것 같거든,

　　모양은 괴물 같지만, 그래도 희한하게

　　그들 태도는 더 친절하네요,

　　우리 인간 세대보다, 우리가

　　숱하게 보는, 아니 인간 세대 그 누구보다도.

프로스페로　〔방백〕 정직한 분,

　　말씀 잘 하셨소, 거기 있는 사람 중 몇몇은

　　악마보다 사악하거든요.

알론소　아무리 놀라도 지나치지 않아.

　　이런 모양들, 이런 동작들, 그리고 이런 음악이, 표현한다―

　　비록 언어가 없지만―뭐랄까,

　　기막힌 무언의 교훈을.

프로스페로　〔방백〕 칭찬은 떠날 때 하시죠.

프란치스코　사라지는 것도 기묘했어요.

세바스찬　상관없지, 왜냐면

　　음식을 두고 갔잖소, 우린 배가 고프거든.

　　폐하 좀 드셔 보시겠습니까?

알론소　난 싫네.

곤잘로　진실로, 폐하, 겁내실 것 없습니다. 우리가 소년 때는,

　　누가 믿으려 했습니까, 산사람이 있다는 걸,

목아랫살이 수소처럼 늘어지고, 모가지에
살지갑이 늘어진 산사람을요? 혹은 어떤 사람은
머리가 가슴에 달렸다는 걸요? 그런데 이제는
다섯 곱 여행 내기꾼마다 가져올 겁니다,
훌륭한 증거를.

알론소 〔몸을 일으키며〕 그래 과감히 먹어 보자꾸나,
마지막 식사일지라도—상관없어, 내 느낌으로
좋은 시절은 갔으니까. 동생아, 공작,
까짓 거, 나와 함께 듭시다.

    알론소, 세바스찬, 그리고 안토니오가 탁자에 접근한다.
    천둥과 번개. 에어리엘, 하피처럼 내려오며 등장, 그의 날개로
    탁자를 치면 교묘한 장치로, 음식들이 사라진다.

에어리엘 너희 셋은 죄인이로다, 하여 너희들을 운명이—
    이 지옥과 그 안에 있는 것들이
    그의 수단이지—결코 포만감을 모르는 바다로 하여금
    뱉어 내게 했어, 너희들을, 그리고 이 섬,
    사람이 살지 않는 이 섬에서도, 너희는
    살 자격이 가장 없는 부류니라. 내가 너희를 광기에 사로잡
히게 했지,
    그리고 심지어 무모함을 들씌웠어, 사람들이 스스로를
    목매고 익사시키는.
    〔알론소, 세바스찬, 그리고 안토니오 칼을 뽑는다〕
    이런 바보들! 나는, 내 동료들은
    운명의 집행관들이야. 너희 칼의

재료가 아무리 흙과 불로 단련되었단들
으르렁대는 바람을 상처 입히거나, 같잖은 찌르기로
갈라 봐야 소용없는 물을 가르는 게 쉽지, 뽑지 못한다,
내 깃털 장식의 깃털 하나도. 내 동료 집행관들도
마찬가지다, 상처 입힐 수 없어. 설령 입힐 수 있단들,
너희들 칼은 이제 너무 버겁다, 너희들 힘에,
그러니 치켜 올려지지 않을 거야.

〔알론소, 세바스찬, 그리고 안토니오가 당혹한다〕
하지만 상기시켜 주지,
그게 내 볼일이니까, 너희 셋은
밀라노에서 내쫓았지, 훌륭한 프로스페로를.
바다에 내버렸지. 그런데 바다가 그걸 되돌렸어,
그와 그의 순진한 아이를 살렸다. 그 더러운 행위 때문에,
신들이, 더디지만 잊지는 않고
성나게 했어, 바다와 해변을, 그래, 모든 피조물들을,
너를 괴롭히게 했지. 너한테서 네 아들을, 알론소,
그들이 빼앗아 갔다. 그리고 나를 통해 천명하노니
느릿느릿 파먹어 들어가는―단 한 번의
어떤 죽음보다 고통스러운―죽음이 한 걸음 한 걸음
너와 네 길을 따를 것이다. 신들의 분노를 피하려면―
그것은 여기 이 아주 황량한 섬에서도
너희 머리에 떨어질 것이니―오로지 마음의 슬픔
그리고 잇따르는 순결한 삶이 유일한 방책이니라.

에어리엘이 위로 오르고 천둥 속으로 사라진다. 그런 다음

부드러운 음악이 들리며 정령들이 다시 등장한다.
조롱과 찡그린 얼굴로 춤을 추다 탁자를 갖고 사라진다.

프로스페로 근사하게 하피 역을 네가

해냈구나, 나의 에어리엘, 음식을 한꺼번에 해치우는 것도
멋졌어.

내가 이른 대로 하나도 빼먹지 않고
대사를 전했고 말야. 마찬가지로 실감 나고
세부 사항도 정확했어. 다른 하급 정령들의
맡은 바 역할도. 나의 강한 마법이 작동한다.
그리고 여기 있는 나의 적들은 모두 꿰매졌다,
혼비백산으로. 그들은 이제 내 손안에 있어,
그리고 이런 발작 속에 그들을 놔두고, 나는 그동안 가 봐야
겠다,

페르디난드한테, 그들이 익사한 걸로 알고 있는
그와, 그의 그리고 나의 사랑스런 연인한테로. [퇴장]

곤잘로, 아드리안, 그리고 프란치스코가 다른 사람들을 향해 간다.

곤잘로 성스러운 이름으로 폐하, 뭘 그리

이상하게 처다보십니까?

알론소 오, 끔찍하다, 끔찍해!

파도가 입을 열고 내게 그 얘기를 하는 것 같았어,
바람이 그 얘기를 내게 노래했어, 그리고 천둥이,
그 깊고 두려운 오르간-파이프가 천명했어,
프로스페로의 이름을. 꾸짖었어, 베이스 음으로 나의 죄를.
그것 때문에 내 아들이 바다 밑 진흙에 묻혔다는 거야,

난 그를 찾아갈래, 심해 측량추가 닿은 적이 없는 곳까지,

그리고 거기서 그와 함께 묻혀 버릴래. 〔퇴장〕

세바스찬 한 놈씩 덤벼라,

처음부터 끝까지 때려눕혀 주마.

안토니오 나도 도우리다.

세바스찬과 안토니오 퇴장

곤잘로 세 사람 모두 절망에 빠졌어. 그들이 지은 중죄가,

한참 뒤 효력을 발하는 독약처럼,

이제 영혼을 갉아먹기 시작한다. 부탁이니, 자네들

관절이 더 나긋나긋하니, 빨리 그들을 쫓아가 보게,

그리고 막아 주시게, 이런 광기가

그들을 충동질할지도 모르는 사태를.

아드리안 따라갑시다, 빨리.

모두 퇴장

제4막

우리는 꿈의 재료야,
우리네 삶은 잠으로 둘러싸여 있고 말야.

4막 1장

✖

프로스페로, 페르디난드, 그리고 미란다 등장

프로스페로 〔페르디난드에게〕 내가 자네를 너무 엄하게 벌 주었다면,

자네가 받은 보상이 그걸 벌충해 줄 걸세, 나는

자네한테 내 삶의 3분의 1을 준 셈이니까—

혹은 내 삶의 의미거나—그녀를 다시 한 번

자네 손에 건네주겠네. 자네를 성가시게 한 것은 모두

자네 사랑을 시험하려 했던 것이야. 그리고 자네는

훌륭하게 시험을 견뎌 냈어. 이제, 하늘 앞에서

내가 인준하네, 이 값비싼 내 선물을. 오 페르디난드,

그녀를 너무 자랑한다고 나를 비웃지 말게,

자네도 알게 될 거야, 그녀는 온갖 상찬을 능가하지,

그리고 그것이 그녀 뒤에서 절뚝거리게 만들지.

페르디난드 정말 믿습니다,

신탁이 달리 말하더라도.

프로스페로 그럼, 나의 선물이자 자네 자신이

노력해서 얻은 성과물로서, 받게, 내 딸을. 그러나

만일 모든 성스러운 의식이

온전하고 신성한 의례로 집전되기 전에

자네가 그녀의 처녀-매듭을 푼다면

아무런 달콤한 은총도 하늘은 내리지 않으시리로다,

이 혼약을 키우기 위하여. 단지 불모의 증오,

눈이 신 경멸, 그리고 불화가 뿌릴 것이다.

자네 침대의 결합에 잡초를, 너무도 혐오스럽게,

그리하여 너희 둘 다 그것을 증오할 정도로. 그러므로 경계하라,

히멘의 등잔이 너희를 밝힐 것이니.

페르디난드 제가 바라는 것은

조용한 나날들, 어여쁜 아이들, 그리고 오래오래

지금과 같은 사랑을 누리며 사는 것이므로, 가장 음험한 동굴도,

가장 절호의 장소도, 악령이 발할 수 있는

가장 강력한 유혹도, 녹이지 못할 겁니다.

제 명예를 욕정으로 녹여 빼앗아가지

못합니다, 그날 축복의 예리한 기쁨을.

그날이야 제가 포이보스의 말이 다리를 다쳤나

아니면 밤이 지하 쇠사슬에 묶였나 초조해하겠지만요.

프로스페로 잘 말했네.

앉게, 그러면, 그리고 그녀와 얘기를 나누게. 그녀는 자네 것이야.

[페르디난드와 미란다가 앉아서 얘기를 나눈다]

어딨나, 에어리엘, 나의 부지런한 하인 에어리엘!

에어리엘 등장

에어리엘 부르셨습니까, 막강한 저의 주인님? 여기 왔습니다.

프로스페로 너와 네 하급 동료들이 마지막 심부름을
　　　　　　훌륭하게 수행했구나, 그런데 내가 또 필요해,
　　　　　　또 다른 그런 연극 장치가. 가서 정령들을 떼로 데려오너라,
　　　　　　그들을 다스릴 힘을 네게 주지, 이곳으로 데려와.
　　　　　　보여 주자꾸나, 이 젊은 쌍의 두 눈에
　　　　　　내 술법으로 어떤 환영을. 내가 약속했거든,
　　　　　　그리고 그들이 기대하고 있고.

에어리엘 지금 당장요?

프로스페로 눈 깜짝할 사이에.

에어리엘 주인님이 '오라' 그리고 '가라' 하시기 전에,
　　　　　그리고 숨을 두 번 쉬고, '으음, 그래' 하시기 전에,
　　　　　모두들 경쾌한 걸음걸이로
　　　　　이리 올 겁니다, 조롱과 얼굴 찌푸린 동작으로.
　　　　　저를 사랑하십니까, 주인님? 아녜요?

프로스페로 끔찍이 사랑한다, 섬세한 에어리엘. 다가오지 말거라,
　　　　　　내가 부르는 소리가 들릴 때까지.

에어리엘 예, 잘 알았습니다. [퇴장]

프로스페로 [페르디난드에게] 자네 약속을 지켜야 하네. 애정 유희가
　　　　　　길길이 뛰면 곤란하지. 아주 강력한 맹세라도 지푸라기에 불
　　과해,
　　　　　　피 속의 불한테는. 좀 더 욕심을 버리게,
　　　　　　아니면, 자네 맹세는 안녕이라구.

페르디난드 걱정 마십시오, 어르신.
　　　　　　내 가슴에 놓인 희고 차가운 처녀 눈이

식혀 줍니다, 제 간장의 열정을.

프로스페로 좋아.—

　　　오라 이제, 에어리엘! 넘치는 게 낫지,

　　　정령 하나라도 모자라는 것보다는. 모습을 보이라, 신속하게.

　　　　〔부드러운 음악〕

　　　〔페르디난드와 미란다에게〕 말은 말고, 보기만 하거라! 조용해.

　　　　이리스 등장

이리스 케레스, 아낌없이 주시는 여신, 당신의 풍요한 경작지에는

　　　밀, 호밀, 보리, 완두콩, 귀리, 땅콩이 자라고,

　　　당신의 잔디밭 산맥에는 입질하는 양들이 살고,

　　　그리고 당신의 평평한 초원은 그것들한테 먹일 건초로 이
　　　엉을 이었고,

　　　당신의 둑은 가장자리에 작약을 심고 울타리를 쳐서

　　　젖은 4월이 당신 분부대로 꽃으로 장식하고

　　　차가운 요정들에게 순결의 왕관을 만들어 주고, 당신의 양골
　　　담초 숲은

　　　그 그늘을 거절당한 구혼자들이 좋아하지요,

　　　처녀에게 버림받았으니. 포도넝쿨이 치렁치렁 감긴 당신의
　　　포도원,

　　　그리고 당신의 해변, 불모이고 바위가 험한,

　　　그곳에서 당신 자신이 들이마시지요, 상쾌한 공기를. 하늘의
　　　여왕께서,

　　　그분의 무지개이자 전령이 바로 전데요,

　　　여왕께서 이런 것들을 모두 놔두고, 그리고 여왕 폐하의 은

총을 입고

　　　〔주노가 공중에 나타난다〕

　여기 이 풀-구역으로, 바로 이 장소로,

　와서 뛰어놀라고 하십니다—그분의 공작새가 서둘러 날고
있어요.

　오셔요, 풍요로운 케레스, 그분을 맞으셔요.

　　　케레스로 분한 에어리엘 등장

케레스　반갑습니다, 총천연색 전령, 당신은 언제나

　　　주피터 아내의 명을 수행하지요.

　　　당신의 샛노란 날개로 나의 꽃들 위에

　　　두루 베푸시지요, 꿀방울, 활기를 주는 소나기를,

　　　그리고 푸르른 활의 양쪽 끝으로 왕관을 씌우죠,

　　　나의 숲 덤불 넓은 땅과 관목도 없는 초원에,

　　　내 자랑스런 대지에, 풍요로운 스카프를. 왜 당신의 여왕께서

　　　저를 부르셨나요, 이곳 풀이 짧은 녹색 지대로?

이리스　진정한 사랑의 계약을 축복하기 위해서죠,

　　　그리고 기부를 넉넉하게 하시려구요,

　　　축복받은 연인들한테.

케레스　말해 주시오, 천상의 활이여,

　　　비너스 혹은 그녀 아들이, 당신이 아는 바,

　　　현재 여왕을 모시고 있는지. 그들이 꾸민

　　　음모 덕분에 그 음침한 디스가 내 딸을 빼앗아 갔기에,

　　　그녀와 그 눈먼 소년의 추문투성이 동반을

　　　난 거부하겠다고 맹세했소.

이리스 그녀는 오지 않을 것이니
　　　걱정 마세요. 그 여신을 봤는데
　　　구름을 가르며 파포스로 향하더군요, 그리고 그녀 아들은
　　　그녀와 함께 비둘기 마차를 타고 있었구요. 그들 생각은
　　　욕정의 마법을 이 남자와 처녀한테 들씌우려는 거였지요.
　　　이들의 맹세는 동침의 권리를
　　　히멘의 등불을 밝힐 때까지 보류하는 거였잖아요—근데 소
　　용 없었죠.
　　　마르스의 뜨거운 연인은 다시 돌아갔습니다.
　　　그녀의 말벌 대가리 아들은 화살을 분질러 버렸구요,
　　　다시는 화살을 안 쏘고, 제비들하고나 노닥거리겠다고,
　　　그리고 그냥 평범한 소년으로 살란다고, 꿍시렁대더군요.

　　　　　음악. 주노가 무대로 내려온다.

케레스 가장 높으신 신국의 여왕,
　　　위대한 주노께서 오시네, 위엄 있는 풍모가 틀림없어.
주노 어떻게 지냈니, 풍요로운 내 동생아? 나와 함께
　　　이 두 사람을 축복해 주자꾸나, 번창하라고,
　　　그리고 그들의 자손이 명예로우라고.

　　　　　케레스가 주노와 합류한다. 그리고 둘이 노래를 부른다.

주노　　　명예, 재산, 결혼의 축복,
　　　　오래 지속되고 갈수록 늘어나기를,
　　　　매시간마다 기쁨이 언제나 두 사람한테 내리기를!
　　　　주노가 노래한다, 그녀의 축복을 그대들한테.

케레스　　땅이 늘고, 풍작을 내고,

　　　　헛간과 곡물 창고 결코 비는 일 없고,

　　　　포도나무에 송이송이 주렁주렁 매달리고,

　　　　짐이 무거워 벼가 고개 숙이기를,

　　　　봄이 아주 길기를,

　　　　추수가 끝날 때까지 이어지기를.

　　　　기근과 결핍이 그대들을 피해 가리라,

　　　　케레스의 축복을 그렇게 내린다, 두 사람에게.

페르디난드　정말 장엄한 광경입니다. 그리고

　　　　마법처럼 조화로워요. 혹시 이건

　　　　정령들 아닙니까?

프로스페로　정령들일세, 나의 마법으로

　　　　내가 그들 거처에서 불러내어 연행하라고 했지,

　　　　나의 현재 공상을.

페르디난드　이곳에서 영원히 살았으면!

　　　　이리도 진귀한 기억을 현현 받고 또 현명하신 장인어른을 모
시니

　　　　이곳이 천국 같군요.

　　　　　　주노와 케레스가 귓속말을 한다. 그리고 이리스를 심부름 보낸다.

프로스페로　조용, 말하지 말게.

　　　　주노와 케레스가 심각하게 소곤대잖아.

　　　　다른 게 또 있어. 쉬이, 잠자코 있어,

　　　　아니면 마법이 망가진다구.

이리스　그대 나이아드라고 불리는 꾸불 강물 요정들,

갈대 화관을 쓰고 언제나 순진한 표정으로,
그대들의 조잘 개울을 떠나시오. 그리고 이 녹색 땅에서
부름에 응하시오, 주노께서 명하십니다.
오시오, 온순한 요정 분들, 그리고 거드시오,
진정한 사랑 계약의 축복을. 너무 늦지 마시오.

　　　　〔몇몇 요정들 등장〕

햇볕에 그을린 그대 추수꾼들, 8월 더위에 지친
그대들 밭고랑은 놔두고 이리 와서 즐기시오.
축제를 벌이시오, 밀짚모자를 쓰고,
그리고 모두 이 참신한 요정들을 맞아
농무를 춥시다.

　　　몇몇 추수꾼들, 작업복 차림으로 등장. 요정들과 어울려 우아한
　　　춤을 춘다. 춤이 끝날 무렵 프로스페로가 깜짝 놀란다. 그리고
　　　입을 연다.

프로스페로 〔방백〕 깜빡했네, 그 더러운 음모를,
짐승 칼리반 놈과 그 한패들이
내 목숨을 노리잖나. 그들 음모의 시간이
거의 다 되었는데. 〔정령들에게〕 잘했다! 이제 가라, 그만 됐어!

　　　이상한, 공허한, 그리고 혼란스런 소리와 함께 볼거리에 등장한
　　　정령들이 슬프게 사라진다.
　　　페르디난드와 미란다가 몸을 일으킨다.

페르디난드 〔미란다에게〕 이상하네요. 장인어르신이 격한 감정에 휘
말리셨어요.

미란다 이날 이때껏

저렇게 화가 나서 주체를 못하시는 건 본 적이 없어요.

프로스페로 자네가 정말, 사위, 불안한 모양이군.

당황했나 보이. 그럴 거 없어, 자네.

우리의 여흥은 이제 끝났네. 이 배우들은,

내가 자네에게 말했듯, 모두 정령들이었어. 그리고

공기 속으로 녹아 버렸지, 희미한 공기로.

그리고 이 광경의 바탕 없는 구조물처럼,

구름 모자를 쓴 탑들, 거대한 지구 자체도,

그래, 그것을 소유하는 그 모든 것들도, 용해되는 거라네,

그리고, 이 실체 없는 볼거리가 사라지듯,

구름 한 줌 남기지 않는 거라네. 우리는

꿈의 재료야, 우리네 삶은

잠으로 둘러싸여 있고 말야. 사위, 난 지금 정신이 사나워.

내 허약함을 참아 주게. 늙은 두뇌가 혼란스럽거든.

나의 노망을 괘념치 말게.

그러지 말고, 내 오두막으로 가서

좀 쉬는 게 어떻겠나. 한두 바퀴 산보하면

소란스런 마음이 진정될 거야.

페르디난드와 미란다 편안해지시기를.

페르디난드와 미란다 퇴장

프로스페로 오라, 생각의 속도로! 고맙구나, 에어리엘. 어서 와!

에어리엘 등장

에어리엘 전 주인님 생각에 붙어 다니죠. 무엇을 할까요?

프로스페로 정령,

　　　칼리반을 처리할 준비를 해야지.

에어리엘 그렇습니다, 지휘관님. 제가 케레스 역을 할 때

　　　주인님께 그 말씀을 드릴까 했지만, 혹여

　　　주인님을 화나게 할까 봐서요.

프로스페로 다시 말해 보라. 어디서 마지막으로 그 악당들을 봤다고?

에어리엘 말씀드렸듯, 주인님, 그들은 술에 취해 불콰했습니다.

　　　어찌나 겁대가리가 없는지 하늘에 주먹질을 해 댔어요.

　　　지들 얼굴에다 숨을 내뿜지 말라면서, 땅을 두들겨 팼죠.

　　　지들 발에 입 맞추지 말라면서요. 하지만 초지일관

　　　계획은 버리지 않았죠. 그때 제가 작은 북을 두드렸더니,

　　　그들은 등짐 한 번 져 본 적 없는 망아지처럼 귀를 쫑긋 세우고,

　　　눈이 휘둥그레지고, 코를 쳐들더군요.

　　　마치 음악의 냄새를 맡으려는 듯. 제가 그들 귀에 마법을 거니

　　　송아지처럼 그들이 내 음매 소리를 따라왔죠.

　　　이빨 사나운 찔레 덤불, 날카로운 가시금작화 덤불을 헤치며.

　　그러니 가시들이

　　　연약한 그들 정강이를 파헤쳤구요. 마지막에는 그들을

　　　주인님 오두막 너머 더러운 찌끼로 덮힌 연못에 두고 왔습니다.

　　　거기서 턱에까지 빠져 춤추고 지랄하느라 더러운 호수

　　　냄새가 그들 발냄새보다 지독해요.

프로스페로 잘했구나, 귀여운 것.

　　　네 모습을 여전히 안 보이게 하거라.

　　　내 집에 겉만 번드레한 옷가지가 있잖느냐, 가서 이리로 가져

오라,

그걸 미끼로 이 도둑놈들을 잡아야겠다.

에어리엘 갑니다, 가요. 〔퇴장〕

프로스페로 악마야, 태생적인 악마, 그런 놈 성격에

양육이 달라붙을 리가 있나. 그놈한테 바친 내 수고는,

사람의 도리로 행한 것이건만, 모두, 모두 소용없어, 전혀 소
용없지,

나이 들면서 이 육체가 점점 추해지듯,

그의 마음이 곪으니. 이놈들을 모두 혼찌검을 내리라,

비명을 지를 때까지.

〔에어리엘 등장, 비까번쩍한 의상 등을 지고 있다〕

자, 그걸 이 라임 나무에 걸어 놓으라.

에어리엘이 의상을 걸어 놓는다. 프로스페로와 에어리엘 퇴장
칼리반, 스테파노, 그리고 트린쿨로, 모두 흠뻑 젖은 채 등장

칼리반 제발, 살금살금 걸으세요, 눈먼 두더지가

발자국 소리를 못 들을 정도로. 그자 오두막 근처란 말예요.

스테파노 괴물, 그 요정, 네가 순진하다고 한 그 요정이, 우리한테

악당이나 다름없는 짓을 했어.

트린쿨로 괴물, 난 온통 말 오줌 냄새야, 내 코가 버럭 화를 내고

있단 말이다.

스테파노 내 코도 그래. 듣고 있는 거냐, 괴물? 너 때문에 내 비위

가 상하면, 그냥—.

트린쿨로 넌 길 잃은 괴물에 불과했던 거야.

칼리반 착하신 주인님, 저를 계속 총애해 주세요.

참으세요, 제가 주인님께 드릴 전리품은

졸지에 당한 이 화를 가려 줄 테니까요. 그러니 조용조용 말

씀하세요.

사방이 벌써 한밤중처럼 고요하잖아요.

트린쿨로 젠장, 연못에 술병만 빠트렸잖아!

스테파노 그건 망신이자 불명예일 뿐 아니라, 괴물아, 무한한 손실

이란다.

트린쿨로 그건 내게 목을 축이는 것 이상이었어. 그런데도 넌 순진

한 요정 타령만 하지, 괴물.

스테파노 내 술병을 꺼내 와야겠어, 그러다 익사할망정.

칼리반 부디, 저의 왕이시여, 조용하세요. 저기 보이죠,

그게 오두막 입구예요. 소리 내지 말고, 들어가세요.

그 훌륭한 악행을 해치우는 거예요. 이 섬을

영원히 주인님 걸로 만들어 줄. 그리고 저 칼리반은

영원히 주인님의 발을 핥구요.

스테파노 네 손을 다오.

정말 피비린 생각이 들기 시작하는구나.

트린쿨로 〔의상을 보면서〕 오 스테파노 왕, 오 귀족! 오 고결한 스테

파노, 여기 당신을 위한 의상이 있구나!

칼리반 그냥 둬, 이 바보, 그건 쓰레길뿐야.

트린쿨로 〔가운을 걸치며〕 오 호, 괴물, 헌옷 가게 물건은 아니지! 오

스테파노 왕이시여!

스테파노 그 가운을 벗으라, 트린쿨로. 이 손맛을 보기 전에, 이리

내놔.

트린쿨로 폐하께서 가지십시오.

칼리반 수종 벼락이나 맞아라, 이 바보! 도대체 어쩌자고
그런 성가신 걸 애지중지하는 거냐? 그냥 둬,
그리고 살인을 먼저 하자구. 그가 깨어나면,
발끝부터 머리끝까지 우리 살갗을 꼬집어 댈 거야,
우릴 이상한 꼴로 만들 거라구.
스테파노 조용히 해, 괴물.─라임 나무 부인, 이건 제 가죽 재킷이
겠지요? 이제 가죽 재킷을 선 아래로 내렸소. 자, 가죽 재킷아,
너는 이제 머리를 빡빡 깎고 대머리 조끼가 되리로다.

　　　스테파노와 트린쿨로가 옷을 집어 든다.

트린쿨로 그래요, 그렇게 해요! 제대로 선을 긋고, 법칙에 따라 훔
치는 거죠, 폐께서 괜찮으시다면.
스테파노 그 재담 괜찮도다. 상으로 이 옷을 주마. 내가 이 나라 왕
으로 있는 동안은 재치가 꼭 상을 받게 할 거야. 제대로 선을
긋고 법칙에 따라 훔친다, 거참 탁월한 찌르기로세. 상으로 옷
을 하나 더 주마.
트린쿨로 괴물아, 이리 와, 손가락에 라임 끈끈이를 묻히고, 가자,
나머지를 들고.
칼리반 난 싫어. 이러다 시간을 놓칠 거야,
그리고 우리 모두 따개비 꼴로 변할 거야, 아니면 이마가
비참하게 낮은 원숭이로 변하거나.
스테파노 괴물아, 손을 놀리라. 이걸 들고 내 큰 술통들이 있는 곳
으로 가는 걸 돕지 못할까, 아니면 네놈을 내 왕국에서 쫓아내
리라. 어서, 이걸 날라.
트린쿨로 그리고 이것도.

스테파노 그래, 이것도.

> 그들이 칼리반한테 옷 더미를 떠맡긴다.

> 사냥꾼 소리 들린다. 개와 사냥개 모양의 여러 정령들 등장해서
> 그들을 몰아 댄다. 프로스페로와 에어리엘이 개들을 부추긴다.

프로스페로 헤이, 마운틴, 헤이!
에어리엘 실버! 저기 있잖아, 실버!
프로스페로 퓨리, 퓨리! 저기다, 티란트, 저기야! 짖어, 짖어!

> 〔스테파노, 트린쿨로, 그리고 칼리반, 정령들한테 쫓겨 퇴장〕

〔에어리엘에게〕 가라, 내 도깨비들에게 그들의 관절을
뻐걱거리게 만들라구 해, 근육을 당겨서
노인 경련이 일게 하라구, 그리고 마구 꼬집은 상처가
표범 얼룩보다 많게 하라구.

> 안에서 비명 소리

에어리엘 들리죠, 그들 울부짖는 소리!
프로스페로 철저히 사냥을 해 버려. 이 시간
나의 모든 적들이 내 수중에 있다.
이제 곧 나의 모든 수고가 끝날 거야, 그리고 너는
자유로이 공중을 노닐 게다. 잠시만,
따르라, 그리고 내 심부름을 해 다오.

> 모두 퇴장

제5막

여러분의 마법으로 이 맨 섬 맨 무대에 살게 마십시오.

놓아주십시오, 제 족쇄로부터

여러분의 마음씨 착한 박수로.

5막 1장

마법복을 입은 프로스페로, 그리고 에어리엘 등장

프로스페로 이제 나의 계획이 완료되려 한다.

　　내 마법은 금 가지 않았고, 내 정령들은 복종하고, 그리고 시간은

　　짐이 가벼우므로 곧추 서 가지. 시간이 어떻게 되지?

에어리엘 여섯 십니다. 이 시간에, 주인님,

　　우리 일이 끝날 거라고 하셨죠.

프로스페로 그렇게 말했지,

　　내가 처음 폭풍우를 일으켰을 때. 근데, 정령,

　　왕과 그 시종들은 어떻게 지내나?

에어리엘 함께 갇혀 있죠.

　　주인님이 분부하신 그 모양새로,

　　주인님이 마지막 본 그대로요. 갇힌 사람들은 모두, 주인님,

　　주인님 오두막 바람막이 역할을 하는

　　라임 나무 덤불에 있습니다. 왕,

　　그의 동생, 그리고 주인님 동생, 세 명 모두 넋이 나간 상태죠.

　　그리고 나머지 사람들은 그들을 애도하느라,

　　슬픔과 낭패로 가득 차 있고요, 하지만 특히

그분, 주인님이 말씀하신, 그 착한 원로 곤잘로 양반이 그래요.

눈물이 그분 수염을 흘러내리죠. 고드름 방울이

이엉지붕에서 내리듯. 주인님 마법이 너무도 강력하게 작용해서

주인님이 그들을 보시게 되면 주인님 감정이

누그러질 정도랍니다.

프로스페로 그렇게 생각하나, 정령?

에어리엘 제 감정은 그럴 겁니다. 주인님, 제가 인간이라면.

프로스페로 그러면 내 감정도 그래야겠지.

너는, 공기에 불과한데도, 감각, 감정으로

그들의 고통을 느낀단 말이지, 그런데 내 자신이,

그들과 같은 인간으로, 그들처럼 강력한

감정을 느끼는 내가, 너보다 더 마음이 움직여야 마땅치 않겠나?

그들의 커다란 잘못 때문에 내가 철두철미 당하긴 했지만,

내 분노에 맞서 보다 숭고한 내 이성의

편에 나는 서겠다. 보다 진귀한 행동은

복수보다 미덕에 있는 것. 그들이 뉘우치고 있으니,

내 목적의 단 하나 흐름도

내 이맛살을 조금도 찌푸리게 못하리라. 가서 풀어 주거라,

에어리엘.

내 마법을 내가 깨겠다. 그들의 지각을 돌려주지,

그리고 그들은 원래대로 될 것이다.

에어리엘 그들을 데려오겠습니다. 주인님. 〔퇴장〕

프로스페로가 그의 지팡이로 원을 그린다.

프로스페로 그대 언덕의, 개울의, 고요한 호수와 덤불의 꼬마 요정
　　들이여,
　　　그리고 그대 모래밭에서 자국 없는 발로
　　　밀물 넵튠을 좇는, 그리고
　　　썰물 지면 파도를 타는 자들이여, 그대 반쯤 꼬마 요정들,
　　　달빛에 기대어 시큼한 녹색 요정 반지를 만드는,
　　　암양이 깨물지 않는 반지를 만드는 이들이여, 그리고 즐겨
　　　한밤 내내 버섯을 만들고, 장엄한 소등종이 울리면
　　　환호하는 너희들이여, 너희들의 도움으로,
　　　너희들 비록 따로 있으면 힘이 약하나, 나는 흐리게 했다.
　　　정오의 태양을, 폭동의 바람을 일으켰다.
　　　그리고 녹색 바다와 푸른 하늘 사이
　　　포효하는 전쟁을 부추겼다―무섭게 덜크덩대는 천둥에게
　　　나는 주었다, 불을, 그리고 쪼갰다, 주피터의 단단한 오크 나
무를
　　　그 자신의 벼락불로. 단단히 버티고 선 갑을
　　　내가 뒤흔들었다, 그리고 뿌리째 뽑아 버렸지,
　　　소나무와 삼나무를. 무덤들이 내 명령 하나에
　　　잠자는 사자들을 깨우고, 입을 벌리고, 그들을 내놓았어,
　　　내 마법은 그토록 강력했어. 하지만 이 격렬한 마법을
　　　난 이제 버리겠노라. 그리고 천상의 음악을
　　　소환하여―지금 내가 그러고 있느니―
　　　그들, 이 공기 정령 마법의 대상인 그들의

제정신을 회복시켜 주고 나면, 마법 지팡이를 부러트려,
그것을 땅속 깊이 파묻으리라.
그리고 심해 측량추가 닿아 본 적이 없는
아주 깊은 곳에 내 마법책을 빠트리리라.

장엄한 음악. 우선 에어리엘 등장(눈에 보이지 않는다). 그런
다음 알론소가 곤잘로의 부축을 받으며 발광하는 모습으로 등장.
세바스찬과 안토니오, 아드리안과 프란치스코의 부축을 받으며
비슷한 꼴로 등장. 그들이 모두 프로스페로가 만들어 놓은
원 안으로 들어가 마법에 걸린 상태로 선다. 그것을 관찰하며
프로스페로가 말한다.

(알론소에게) 숭고한 노래는, 최고의 위안을 주지,
동요하는 상상에, 네 두뇌를 고쳐줄 거다.
지금은 쓸모없이 해골 속에 들끓고 있을 네 두뇌를.
(세바스찬과 안토니오에게) 거기 서라,
마법 때문에 너흰 꼼짝 못해―.
거룩한 곤잘로, 명예로운 분,
내 두 눈이, 당신 모습에 공명하여,
우정의 눈물을 흘리는구려. (방백) 마법이 빠르게 풀리고 있다,
그리고 아침이 슬그머니 밤에 스며들며
어둠을 녹이듯, 그들의 뜨는 제정신이
쫓아내기 시작한다. 점점 또렷해지는 그들의
이성을 뒤덮은 무지의 안개를.―오 착한 곤잘로,
진정 내 생명의 은인, 그리고 훌륭한 신하시구려,
당신이 따르는 분한테, 내 당신의 은혜에 보답하리다,
말과 행동으로 충분히.―아주 잔혹했어,

알론소 너는, 나와 내 딸에게.

네 동생도 공모자였지.—

그것 때문에 네가 지금 고통받는 것이니라, 세바스찬.

[안토니오에게] 혈육이면서도,

너, 내 동생이면서, 야심을 품고,

자비심과 형제애를 버렸지, 그리고 너는, 세바스찬과 함께—

그의 속이 그러니 얼마나 쓰렸을까—

여기서 왕을 죽이려고 했었지, 너를 용서해 주마,

비록 네가 사람의 도리를 벗어났으나. [방백] 그들의 이해력이

밀물져 오기 시작하는군, 그리고 다가오는 해류가

이제 곧 이성의 해변을 채우겠지,

지금은 더럽고 진흙탕이지만. 그들 중 누구도,

나를 보지 못하지, 알아보지도 못하겠고.—에어리엘,

오두막으로 가서 모자와 쌍날검을 갖고 오너라.

이 옷을 벗고, 내 자신을 드러내리라,

예전의 밀라노 공작으로. 빨리, 정령!

너는 이제 곧 자유를 얻을 것이다.

에어리엘이 노래를 부르며 프로스페로가 밀라노 공작으로
차려입는 것을 거든다.

에어리엘 벌들이 꿀을 빠는 곳, 그곳에서 나도 빠네.

취란화 속에 나는 눕네.

거기서 잠을 자지, 부엉이 울 때.

박쥐 등을 타고 나는 날지,

여름 지나면 즐겁게.

즐겁게, 즐겁게 나는 이제 살 거야,

가지에 매달린 꽃송이 아래,

즐겁게, 즐겁게 나는 이제 살 거야,

가지에 매달린 꽃송이 아래.

프로스페로 어허, 정말 멋쟁이 에어리엘이야! 네가 보고 싶을 거야,

하지만 곧 자유를 얻게 될 거다—그래, 그렇지, 그래—

왕의 배로 가거라, 안 보이는 채로!

거기 가면 선원들이 잠들어 있을 게야,

승강구 아래. 선장과 갑판장은

깨어 있을 테니, 그들을 이리로 몰아와라,

지금 당장 말이다.

에어리엘 단숨에 갔다, 돌아오죠,

혹은 주인님 맥박이 두 번 뛰기 전에. 〔퇴장〕

곤잘로 온갖 고통, 혼란, 기적, 그리고 놀라움이

이곳에 도사리고 있구나. 하늘의 권세가 우리를 인도하시어

이 무서운 곳을 빠져나가게 해 주시기를!

프로스페로 보시오, 대왕 나리,

부당한 박해를 받은 밀라노 공작, 프로스페로올시다.

당신께 얘기하는 내가 살아 있는 군주라는 것을

보다 확실히 하기 위해, 당신 몸을 껴안아 드리지요.

그리고 당신과 당신 일행을

진심으로 환영합니다.

프로스페로가 알론소를 껴안는다.

알론소 당신이 그분인지 아닌지,

혹은 마법의 현혹으로 날 학대하려는 건지,
최근에 그랬으니까, 난 잘 모르겠소. 당신의 맥박은
피와 살의 그것처럼 뛰는군요, 그리고 당신을 보니
내 마음의 고통이 사라졌어요, 그 고통으로
광기가 나를 사로잡았던 것 같은데. 참으로 이것은—
이게 환상이 아니라면—어떻게 설명해야 할지 모르겠소.
당신 공국의 조공을 나는 포기하겠소, 그리고 간청하겠소,
나의 잘못을 당신이 용서해 주시기를. 그런데 어떻게 프로스
페로가
살아서 여기에 있게 된 거죠?
프로스페로 〔곤잘로에게〕 우선, 고결한 벗님,
당신의 노구를 내가 껴안게 해 주시오, 당신의 명예는
헤아릴 수도 한정할 수도 없소.

프로스페로가 곤잘로를 껴안는다.

곤잘로 이것이 그분인지
아닌지, 알 수가 없구려.
프로스페로 지금껏 이 섬의
몇몇 요상한 구름 과자들을 맛보셨으니 없을 테지요,
확실하게 믿어지는 것들이.—환영합니다, 나의 친구 분들
모두.
〔세바스찬과 안토니오에게 방백〕
하지만 너희, 두 신하 놈들, 내가 마음만 먹으면,
지금 폐하의 진노를 뽑아 너희들한테 꼽히게 할 수 있어,
그리고 증명할 수 있다, 너희가 반역자라는 걸. 지금은

내가 입을 다물겠다.

세바스찬 〔안토니오에게〕 악마가 하는 소리야.

프로스페로 아니야.

　　〔안토니오에게〕 너는, 아주 사악한 신하지, 널 동생이라 부르면
　　내 입이 썩을 게다, 용서해 주마,
　　가장 비열한 네 죄를, 모든 죄를. 그러니 돌려 다오,
　　내 공국을, 당연히
　　돌려주어야 하지만.

알론소 당신이 프로스페로라면,

　　소상히 말해 주시오, 어떻게 살아남았는지,
　　어떻게 우리를 여기서 만났는지, 우리는 세 시간 전
　　난파당해 이 해변에 도착했는데, 그리고 난 이곳에서 잃었소—
　　그 기억의 칼끝이 정말 나를 후벼파는구려!—
　　사랑하는 내 아들 페르디난드를.

프로스페로 참으로 슬픈 일이군요, 폐하.

알론소 돌이킬 수 없는 상실이오, 그리고 인내는

　　말하지요, 자신의 치료 능력 바깥이라고요.

프로스페로 제 생각엔

　　청하지 않으신 것 같군요, 인내의 도움을, 인내의 부드러운 은
　　혜로
　　비슷한 상실에서 저는 탁효의 도움을 받았습니다,
　　그리고 평정을 찾았지요.

알론소 당신이 비슷한 상실을?

프로스페로 크기도 비슷하고 시기도 비슷한 상실이었죠, 그리고
　　그 지독한 상실을 견디는 수단이 훨씬 적었습니다,

왕께서 불러 위로받으실 것보다 말입니다. 저는
제 딸아이를 잃었거든요.

알론소 따님을요?

오 하늘이여, 그들이 둘 다 나폴리에 산다면,
왕과 왕비로 그곳에서 산다면! 그렇다면, 나는,
내 몸은 그 진흙 침대 속에 파묻혀도 좋으련만
내 아들이 묻혀 있는 그곳에. 언제 따님을 잃으시었소?

프로스페로 바로 전 폭풍우 때요. 신하 분들께서는
이 만남이 너무도 놀라워서
말문이 막히고, 또 도저히 믿기지 않으신가 보오.
눈이 제대로 작동을 하기는 하는 건지. 내 말은
자연 그대로의 숨결입니다. 아무리 당신들이
제정신 밖으로 밀려났다고 하나, 분명한 것은
내가 프로스페로라는 것, 밀라노에서 쫓겨난
바로 그 공작이라는 거죠. 그리고 나는 아주 기묘하게,
이 해변, 당신들이 난파한 이 해변에 올라
주인 노릇을 하게 되었습니다. 하지만 그 얘기는 일단 미루죠.
매일매일 할 얘기지,
아침 식사용 화젯거리가 아니니까요. 또
이 첫 만남에 어울리지도 않고요. 환영합니다, 폐하.
이 오두막이 제 궁전입니다. 시종들은 거의 없고요,
여기 말고 하인들은 한 명도 없습니다. 보아 주소서,
제 공국을 다시 제게 주셨으니,
그에 못지않은 것으로 보답을 해 드리지요.
최소한 공국이 제게 주는 만큼의

기적과 만족을 드려야겠지요.

> 그가 페르디난드와 미란다를 보여 준다.
> 둘은 체스 놀이를 하고 있다.

미란다 낭군님, 속이지 마세요.
페르디난드 속이다니, 내 사랑,

　　온 세상을 주어도 난 속이지 않을 거요.

미란다 속이셨어요, 왕국 스무 개쯤으로도 우기실걸요,

　　제가 속인다고 비난하지 않는다면.

알론소 이것이

　　이 섬의 환영으로 드러나면, 소중한 내 아들을

　　난 두 번 잃은 셈일세.

세바스찬 정말 놀라운 기적이오.

페르디난드 〔앞으로 나오면서〕 비록 위협은 했지만, 바다는 자비로웠

　　군요.

　　제가 이유도 없이 바다를 저주했군요.

> 페르디난드가 무릎을 꿇는다.

알론소 이제 기꺼운

　　아버지의 온갖 축복이 너를 감싸도다.

　　일어서서 말해 다오, 어떻게 네가 여기 와 있는지.

> 페르디난드가 몸을 일으킨다.

미란다 〔앞으로 나오면서〕 오 놀라워라!

　　성스러운 피조물들이 이리도 많네!

인류란 정말 아름답군요! 오 멋진 신세계야,

이런 사람들이 살고 있다니!

프로스페로 너한테는 새롭지.

알론소 〔페르디난드에게〕 함께 체스 놀이를 하던 이 처녀는 누구냐?

아무리 길어 봐야 만난 지 세 시간이 안 될 텐데.

그녀는 여신이냐, 우리를 갈라놓았다가

다시 함께 모이게 만든?

페르디난드 폐하, 그녀는 인간입니다,

그러나 불멸의 섭리로 제 배필이 되었습니다.

제가 그녀를 선택할 때는 아버님 의견을 여쭐 수가

없었지요, 아버님이 계시다는 생각도 안 했구요. 그녀는

따님이에요, 이 유명한 밀라노 공작님의,

이분에 대해서는 명성이 그토록 자자했으나

뵌 적은 없었지요. 이분한테서 전

받았어요, 제2의 생명을, 그리고 두 번째 아버님으로

이 숙녀 분이 그분을 만들어 주신 거죠.

알론소 나는 그녀의 두 번째 아버지로다.

이런 오, 얼마나 얄궂게 들릴 것이냐, 내가

내 며느리한테 용서를 구해야 하다니!

프로스페로 폐하, 그만 하시지요.

우리의 기억을 짐 지울 필요는 없습니다,

지나가 버린 무거움으로.

곤잘로 저는 속으로 울었습니다,

아니면 벌써 말문을 열었을 텐데요. 굽어 살피소서, 신들이여,

그리고 이 한 쌍에게 축복받은 왕관을 떨구어 주소서,

바로 신들께서 길을 백묵으로 표시하여

우리를 이리 오게 했음이옵니다.

알론소 아멘이오, 곤잘로.

곤잘로 밀라노 공작이 밀라노에서 추방당한 게, 그의 자손들이

나폴리의 왕으로 되기 위해서였다? 오 보통 기쁨이

아니옵니다! 이렇게 쓰시지요,

영속하는 기둥에 금으로. 한 번의 여행으로

클라리벨은 그녀 남편을 튀니지에서 만났다,

그리고 그녀 남동생 페르디난드는 아내를 만났다,

그 자신이 행방불명되었던 곳에서. 프로스페로는 그의 공국을

찾았다, 불쌍한 섬에서, 그리고 우리 모두 우리 자신을 찾았다,

모두 제정신을 잃었을 때에.

알론소 〔페르디난드와 미란다에게〕 너희들 손을 다오.

너희들의 행복을 바라지 않는 자

비통과 슬픔이 항상 마음을 옥죄기를.

곤잘로 그러기를! 아멘!

〔에어리엘 등장, 놀란 선장과 갑판장이 그 뒤를 따른다〕

오 보세요, 폐하, 보세요, 우리 일행이 또 있습니다!

제가 그랬지요, 교수대가 뭍에 있는 한

이 친구는 익사할 수 없다고. 〔갑판장에게〕 자, 입이 걸은 네놈,

욕으로 은총을 바다에 집어 처넣을 놈, 뭍에 닿으니 할 욕이

없나?

육지라서 입을 다문 게야? 새 소식이라도 있느냐?

갑판장 가장 좋은 소식은 저희가 안전하게 찾았다는 거지요,

대왕 폐하와 그 일행 분들을요. 그다음은, 우리 배가,

아작 났다고 한 지 세 시간밖에 안 되었는데도,

말끔하게 출항 준비가 되어 있다는 겁니다, 우리가

처음 바다로 나왔을 때처럼요.

에어리엘 〔프로스페로에게 방백〕 주인님, 이 모든 일을

제가 가서 해치웠답니다.

프로스페로 〔에어리엘에게 방백〕 깔끔한 정령이로다!

알론소 믿을 수가 없군, 사태가 갈수록

더 이상해져. 그래, 어떻게 이리로 오게 되었느냐?

갑판장 제가 내내, 폐하, 깨어 있었다는 느낌이면

감히 말씀을 드려 보겠다고 하겠습니다만. 우린 잠에 곯아

떨어졌죠.

그리고—어찌 됐는지 모르게—모두 승강구 아래 처박혔

어요.

그리고 거기서 방금 전, 이상하고 다양한 소음이,

포효하고, 비명 지르고, 울부짖고, 딸랑딸랑대는 사슬 소리,

그리고 더 다양한, 모두 끔찍한 소리 때문에,

우린 깨어났어요, 곧장 풀려났구요.

그리고 보니 아주 말끔한 새 옷차림으로

왕을 모시는, 훌륭한, 그리고 근사한 우리 배가 있는 거예요,

선장님은

그걸 보고 기뻐 날뛰시구요. 순간, 그랬다니까요,

꿈인 듯, 우린 그들로부터 분리되었어요,

그리고 멍한 상태로 이리 옮겨졌어요.

에어리엘 〔프로스페로에게 방백〕 잘했지요?

프로스페로 〔에어리엘에게 방백〕 멋지다, 충실한 정령. 자유를 얻으

리라.

알론소 정말 믿을 수 없는 미로로다,

그리고 이 일에는 자연이 행한 것

이상이 들어 있어. 신탁이라도

있다면 모를까.

프로스페로 폐하,

마음에 혼란만 가중됩니다. 자꾸

이 일의 이상함을 되새기신다면. 적당한 때를 골라,

이제 곧이겠습니다만, 사적인 자리에서 해명해 드리지요,

그럴듯하게 보이게끔요, 벌어진 사건

낱낱에 대하여. 그때까지는 유쾌하게 지내시죠,

그리고 모든 걸 좋게 생각하세요. 〔에어리엘에게 방백〕 이리 와,

정령.

칼리반과 그 일당을 놓아주어라.

마법을 풀어 줘.

〔에어리엘 퇴장〕

〔알론소에게〕 어떠십니까, 은혜로우신 폐하?

폐하 일행 중 아직 행방불명이 몇 있죠,

폐하께서 잊어버리신 괴짜 인간이 몇 있습니다.

훔친 의상을 차려입은 칼리반, 스테파노, 그리고 트린쿨로를
몰아 대며 에어리엘 등장

스테파노 모두 남을 위해 움직여, 자기 자신만 챙기는 놈은 재미없느

니라, 모든 게 운이거든. 용기를 내, 멋진 괴물아, 용기를 내!

트린쿨로 내 머리에 달린 게 진짜 첩자라면, 정말 볼만한 광경이로다.

칼리반 오 세테보스, 정말 멋진 놈들이 모여 있구나!
　　　내 주인 놈도 근사한 차림이네! 아무래도
　　　내가 혼깨나 나겠군.
세바스찬 하, 하! 이게 다 무슨 물건들이죠, 안토니오 경?
　　　파는 걸까요?
안토니오 틀림없겠는데요. 그중 하나는
　　　생선 나부랭이 아닙니까, 그러니 팔겠지요.
프로스페로 이 인간들 하고 있는 꼬라지 좀 보세요. 신하 분들,
　　　주인 문장이 맞는지. 추한 꼴을 한 이놈은,
　　　그 어미가 마녀였죠, 그리고 아주 강해서
　　　달을 통제하고, 밀물 썰물을 조종하고,
　　　달의 권력 없이도 달의 명령을 행사할 정도였죠.
　　　이 세 놈이 제 옷을 훔쳤습니다, 그리고 이 반쯤 악마가,
　　　이자는 사생아거든요, 두 놈과 공모,
　　　제 목숨을 노렸지요. 이놈들 중 둘은 폐하께서
　　　아실 겁니다, 폐하 신하니까요. 이 어둠의 자식은 제가
　　　알죠, 제 부합니다.
칼리반 이제 꼬집혀서 죽게 생겼다.
알론소 이자는 스테파노, 술주정뱅이 집사 놈 아닌가?
세바스찬 취했는데요. 어디서 포도주를 구했지?
알론소 트린쿨로도 곤드레만드레야. 그들이 어디서
　　　그 많은 술을 찾아 이리 불쾌해질 정도로 퍼마셨을까?
　　　〔트린쿨로에게〕 어떻게 이리 쩔었느냐?
트린쿨로 폐하를 마지막으로 본 이래 이리 쩔었는데, 아무래도, 뼛
　　　속까지 쩔어 헤어나질 못할 것 같소. 쩔었으니 파리 덤벼들 걱

정은 없겠군.

세바스찬 어찌 된 거냐, 스테파노?

스테파노 오, 날 건드리지 마! 난 스테파노가 아냐, 근육에 쥐지.

프로스페로 네가 이 섬의 왕 노릇을 하겠다구, 이놈?

스테파노 염증의 왕이 되었겠지, 그랬다면.

알론소 〔칼리반을 가리키며〕 이건 내가 본 그 어느 것보다 괴상하게 생
    겼군.

프로스페로 그놈은 버르장머리도 비뚤어졌어요,

    그의 외모만큼. 〔칼리반에게〕 가라 이놈, 내 오두막으로.

    네 일당들도 같이 데려가. 내가 너를

    용서해 줄 참이니, 그곳을 깨끗이 단장하거라.

칼리반 네, 그러겠습니다. 그리고 이담부터는 현명하게 굴겠습니다,

    그리고 은총을 구하겠습니다. 저는 정말 몇 곱절

    바보였어요, 이 주정뱅이를 신이라고 생각하다니,

    그리고 이 멍청한 바보를 숭배하다니!

프로스페로 가라, 꺼져!

        칼리반 퇴장

알론소 〔스테파노와 트린쿨로에게〕 너희들도 가서, 옷가지들을 발견한
    곳에 도로 갖다 놔.

세바스찬 아니, 훔친 곳에다.

        스테파노와 트린쿨로 퇴장

프로스페로 〔알론소에게〕 폐하, 폐하와 폐하 일행 분들을 초대합니다,
    제 보잘것없는 오두막으로. 거기서 쉬십시오,

오늘 밤은, 그 일부는 제가

재미난 이야기로 보내 드리지요. 분명 밤을

빠르게 지나가게 만들 그런 얘기. 내 삶의 이야기,

그리고 제가 이 섬에 온 이래 겪은

자세한 사건들. 그리고 아침에

폐하를 모시겠습니다. 폐하의 배로, 그렇게 나폴리로,

그리고 그곳에서 보았으면 합니다. 사랑스러운

우리 자식들의 결혼식이 거행되는 것을.

그리고 거기서 저의 밀라노로 돌아가려고요. 그리고 그곳이

셋에 하나 제 무덤이 되겠지요.

알론소 정말

듣고 싶소. 당신 살아온 얘기를, 귀를

기묘하게 사로잡을 것이 분명하오.

프로스페로 모두 말씀드리죠.

그리고 약속드립니다. 잔잔한 바다와, 상서로운 바람,

그리고 아주 빨라서 폐하의 배를

멀리까지 실어 나를 항해를. 〔에어리엘에게 방백〕에어리엘, 애야,

그게 네 임무다. 그런 다음 자연력으로

자유로이 돌아가라. 그리고 잘 지내거라.

〔에어리엘 퇴장〕

여러분들, 들어가시죠.

프로스페로만 남고 모두 퇴장

에필로그

프로스페로   이제 내 마법은 모두 폐지되었습니다.
    그리고 남은 힘은 제 자신의 그것뿐인데,
    미약하기 짝이 없습니다. 그렇죠, 이제
    저는 여기 관객 분들한테 묶여 있거나
    아니면 나폴리로 보내져야겠죠. 아스십시오,
    제가 제 공국을 찾았고,
    그리고 사기꾼들을 용서했으니,
    여러분의 마법으로 이 맨 섬 맨 무대에 살게 마십시오.
    놓아주십시오, 제 족쇄로부터
    여러분의 마음씨 착한 박수로.
    부드러운 여러분의 호평이 제 돛을
    채워야겠지요. 아니면 제 계획은 실패죠,
    여러분을 즐겁게 하려던 계획은. 이제 제게는 없습니다,
    일을 시킬 정령도, 마법을 부릴 예술도,
    그리고 나의 마무리는 절망이죠,
    기도로 구원받지 못하는 한,
    기도는 참 아리죠, 그래서 공격하지요,
    자비 자체를, 그리고 온갖 잘못을 풀어 주지요.
    여러분이 지은 죄를 용서받듯,
    여러분의 관대함으로 저를 놓아주십시오.

    그가 박수를 기다린다. 그러고 나서 퇴장한다.

셰익스피어 연극, 고전의 기둥
—난해한 삶, 그리고 누추한 정치와 불행한 시대

16세기 중엽 시작되는 스페인 연극 황금기는 '서양 연극의 시대'를 예감케 했지만 그 예감을 응집-실현, 당대 정신을 대표할 뿐 아니라 새롭고 미래지향적인 연극예술의 지평을 열어젖힌 예술가는 '무대 언어'의 마술사, 셰익스피어다. 그는 극작가-시인이고 무엇보다 배우였고, 덧붙여 극단 운영자였다. 때는 스페인 무적함대를 격파하고 대서양의 새로운 주인으로 부상한 영국 엘리자베스 여왕 치하였다. 스페인은 근대 소설의 원조 세르반테스를 낳았지만(그는 셰익스피어와 사망 연월일이 같다) 셰익스피어가 극작-연기하던 공간은 자본주의 혁명이 진행되던 시기 사회 전 계층을 포괄하는, 가장 열린 '무대=공간'이었다. 그리고 그 열림은 고도의 예술 변증법을 강제, 스펙터클 행렬이 무대 뒤쪽에서 화려장대하게 치러지는 반면 개인의 독백은 오히려 장돌뱅이들이 바닥에 진을 친 마당 무대를 가로지르며 길을 내므로, 고도의 집중을 요하는 문학적 대사와, 연극미학에 무지몽매한 자를 압도하는 연기력을 요하게 되고, 그런 무대 경험은 셰익스피어 희곡의 가장 시적인 대사를 곧장 가장 무대적인 언어로 절묘하게 제련, 압축적이면서도, 대사의 억양과 분위기와 흐름이 등장인물의 성격과 동작을 품거나 뿜어내거나 형상화하므로 등퇴장 말고는 별 지문을 요하지 않는 경지에 달하고, 작품 전체는 연극미학 자체로 현실을 반영-전유함은 물론 새로운 세상을 감지하고 예감하고 형상화하는 데 달한다. 셰익스피어가 역사상 가장 위대한 (연극)예술가로 평가되는 이유다.

새로운 세기를 맞으며 셰익스피어는 《햄릿》(1600-01), 《오셀로》(1604-05), 《리어 왕》(1605-06), 그리고 《맥베스》(1605-06) 등 비극을 속속 집필하는데 이 작품들은 서양예술 전체의 한 절정인 동시에 심오한 보편이다. 주인공의 '치명적' 결함이 주인공과 주변의 파멸을 야기시키는 줄거리 구조는 그리스 고전 비극과 유사하지만, 그리스에서 영국 엘리자베스 여왕 치세에 이르는 역사 전체가 연극미학의 인간적 깊이로 전환, 인간 심리의 내면이 심오하게 또 역동적으로 드러나고 그것이 다시 줄거리를 연극미학적으로 심화하고 심리를 '연극=줄거리'화하고, 역동이 스스로 흔들리고 흔들림이 영원한 '연극=미학'적 진리와 맞닿는 창으로 된다.

《햄릿》은 '삶=난해'가 주제다

막이 오르면 덴마크 왕자 햄릿이 사망한 아버지를 애도한다. 그리고 아버지가 죽은 지 한 달도 안 되어 아버지 동생 클로디어스와 결혼한 어머니 거트루드의 유약과 부정을 슬퍼한다. 아버지 유령이 햄릿에게 나타나 자신이 클로디어스에게 독살되었다는 것을 알려 주고 복수를 요구한다. 햄릿은 주저한다. 그냥 막연하게, '더러운 짓'에 대한 증거가 좀 더 확실해지기를 바라면서…. 자신의 불확정성(不確定性)과 행동 불능성(不能性) 때문에 햄릿은 점점 더 우울과 자책에 휩싸이고 주변 사람들이 보기에 미쳐 가는 것 같고, 부황한 늙은 신하 폴로니어스는 그게 자신의 딸 오필리아에 대한 사랑 때문 아닐까 생각 혹은 기대하고, 햄릿은 떠돌이 광대들에게 암살 현장을 재현하는 마임을 공연케 한 다음 클로디어스에게 관람시켜 반응을 살피고, 클로디어스는 질겁하고, 그렇게 진상이 드러나지만 햄릿은 여전히 선뜻 복수를 행동에 옮기지 못하는 동시에 어머니에 대한 가해 욕구가 심해지고, 커튼 뒤에서 몰래 엿듣던 폴로니어스를 칼로 찔러 죽이는 등 '발작' 행위를 일삼고, 햄릿을 사랑하는 오필리아는 미쳐 버리고 만다. 목숨의 위협을 느낀 클로디어스는 햄릿을 그의 친구 로젠크란츠 및 길덴스턴과 함께 영국으로 보내면서 도착 즉시 햄릿을 죽이라는 밀서를 지참케 하지만, 밀서를 발견한 햄릿은 두 친구를 죽이라는 쪽으로 밀서 내용을 바꾸고 덴마크로 돌아온다. 오필리아가 햄릿에 대한 사랑의 고통을 못 견디고 자살한 후였다. 그녀 오빠 레어트스가 복수를 버리고 클로디어스는 둘의 결투를 주선하면서 결투 칼에 독을 바르고, 독을 탄 잔을 햄릿 가까이 놓아두는데 결투 중 둘 다 독 묻은 칼에 찔리고 거트루드가 무심코 잔을 마시고, 사태를 파악한 햄릿은 클로디어스를 죽인 후 자신도 숨을 거둔다.

왕비-어머니는 약한 여자다. 그녀는 시동생의 광포한 유혹을 뿌리치지 못하고, 동생이 형수를 취한다. 예민한 왕자-아들 햄릿은 그런 사태에 연민과 악취를 동시에 느끼고, 아버지 유령과 암살의 진실은 예민함을 더 예민하게 한다. 삽시간에 세상은 난해하다…. 그에게는 그 사실이 가장 중요하고, 그의 예민한 정신이 삶의 난해를 감당하는 쪽으로 온통 기울어 있으므로 사실 그는 복수를 주저하는 게 아니라, 복수를 통해 옛날을 복원하려는 탈(脫)난해의 유혹을 견디고 있다. 그에게 유령은 난해한 진실의 신비화고, 복수는 난해를 정치적으로, 그렇게 대중적으로 범주화 혹은 도식화하는 일이다. 어느 쪽도 진정한 해결(방식)이 아니므로 햄릿은 난해를 난해 그 자체로 받아들이고 고통으로 감내한다. 햄릿이 현대인의 전형이자 신의 어린 양으로, 또 진정한 예술가로, 진정 미래지향적인 인간으로 되는 대목이다.

난해한 진리 혹은 난해의 진리는 오로지 예술의, 열린 고통의 몸으로써만 (이해가 아니라) 포괄될 수 있다. 마임 공연을 통한 사실 확인. 햄릿에게는 그것이 난해를 포괄하는 유일한 길이다. 그 속에서 '이해의 창' 몇 개가 세계의 본질 속으로 열리고, 난해한 것이 난해한 채로 투명해진다. 《햄릿》의 '극중극'은 격변기를 맞은 위대한 예술가의 위대한 예술 옹호 선언이다. 예술가는 시대 변화에 정치적으로 보수 입장을 취할 수도 있고 진보 입장을 취할 수도 있으나 정말 중요한 것은 예술의 예술적 내용이다. 햄릿은 자신의 이해력 부족을 탓할 뿐 갈수록 심화하는 현실을 탓하지 않는다. 인간 존재에 대한 이해의 깊이를 심화시키면서 심화가 훨씬 더 많은 난해를 낳는다는 점 또한 고통으로 받아들이므로 그는 격변기 대중의 전형이고 그렇게 영원히 고통의 방식으로써 당대적이다.

《오셀로》는 '성=난해'다

영웅적인 무어 인(흑인)으로 베니스 군사령관에 오른 오셀로에게 아름다운 백인 아내 데스데모나가 있다. 오셀로가 이아고 대신 캐시오를 부관으로 임명하자 오셀로와 캐시오에 대한 증오-질투에 사로잡힌 간교한 이아고는 오셀로를 추락시킬 음모를 꾸민다. 데스데모나가 캐시오와 밀애를 나누고 있다…. 이아고는 오셀로에게 그런 의심을 짐짓 아뭏지도 않은 암시와 짐짓 강력한 부인(否認)을 통해 조금씩 주입시킨다. 오셀로가 데스데모나에게 선물로 준 손수건이 없어지고 후에 캐시오 방에서 발견되는 등 보조 장치를 동원하면서 이아고는 오셀로를 질투의 화신으로 변화시키고 오셀로는 마침내 데스데모나를 죽인다. "현명하게 사랑하지는 못했지만 너무도 잘 사랑한 사람으로 나를 기억해 다오…." 이아고의 간계를 알고, 뒤늦은 후회에 떨며 오셀로는 그런 말을 남기고 스스로 목숨을 끊는다.

거짓된 외양에 혹하여 이성을 감정의 통제에 내맡기는 구도는 셰익스피어 희곡 대부분의 주제지만 《오셀로》가 이르는 비극적

결말은 매우 불편하고, 오셀로와 데스데모나의 관계는 왜곡된 서정의 극치를 이루지만 흑백미추(黑白美醜) 콤플렉스를 구현하는 오셀로보다 더 복잡한 것은 이아고의 심리다. '인물' 이아고의 형상화를 통해 《오셀로》는 일상적 사랑에 묻은 의심과 살기(殺氣), 그것이 이루는 사랑의 '마음의 지옥'을 절체절명으로 드러내며 영원히 현대적인 차원에 달한다. 사실 이아고는 오셀로의, 그리고 우리 모두의 분신이다.

《리어 왕》은 늙어서 불행한 세대다

브리튼 왕 리어가 나이 들어 자신의 왕국을 세 딸에게 나누어 주려 한다. 그는 자신을 사랑하는 양에 따라 땅을 분배하겠다고 딸들에게 공언하고, 위선적인 첫딸 고네릴과 둘째 딸 리건은 아버지에 대한 사랑을 요란굉장하게 떠벌리고 그에 상응하는 땅을 받는다. 그런데 셋째 딸은, 진정 아버지를 사랑하지만, 아니 진정 사랑하기에, 그것을 번드레한 말로 표현하기를 거부하고 완고한 왕은 그런 그녀에게 화를 내며 유산을 물려주지 않는다. 첫째, 둘째 딸은 유산을 받자마자 아버지를 배반, 조롱을 퍼붓다가 결국 성 밖으로 쫓아내고 리어 왕은 광야를 헤매며 점차 미쳐 가고 단 한 명, 충실한 광대가 그를 수행하고 켄트 경이 그를 돕는데, 그는 코델리어를 옹호하다가 추방되지만 농부로 변장하고 영국에 남아 있다가 리어 왕을 코델리어에게 데려다 주고 코델리어는 그를 보살피면서 그가 이성을 되찾도록 애쓴다. 한편, 글로스터 경도 정직한 아들 에드가를 내쫓고 모사꾼인 서출(庶出) 에드먼드만 철석같이 믿는 처지였는데, 코델리어는 프랑스군을 움직여 영국을 공격하려 하고 에드먼드는 리건-고네릴과 연합, 프랑스 공격에 맞서면서 아버지 글로스터 경을 리건 남편 콘월 공작에게 넘기고 콘월은 글로스터 경의 두 눈을 도려내고 코델리어와 리어 왕을 가두는데, 전쟁에서는 승리했으나 에드먼드가 리건에게 연심(戀心)을 느끼는 것을 안 고네릴은 질투에 불타 리건을 독살하고 자신은 자살한다. 에드먼드는 에드가와 결투에서 패배한다. 코델리어는 목이 졸려 죽고 리어 왕도 상심을 이기지 못해 코델리어 시체를 품에 안은 채 숨이 끊어진다.

리어 왕은 백성을 사랑하고 딸과 사위와 신하들의 말을 곧이곧대로 믿는다. 그가 자신의 '가치'에 대해 갖는 자부심은 정말 대단하다. 한마디로, 그는 착하고 늙은 왕이었다. 그러나 그것이 불행의 단초가 된다. 그는, 무엇보다, 자신이 늙고 쓸모없다는 점을 모르는, 어리석은 왕이었다. 그리고 세상은, 셰익스피어의 다른 작품에서와 마찬가지로, 격변기였다. 돈이 많고 사람이 어리석고 그랬으므로 딸 셋(그리고 사위 셋)은 분명 화근일 수 있는 시대였다. 죽기 직전에야 그는 자기를 불행하게 하는 것이 딱히 가족만은 아니라는 것을 느낀다. 그는 딸에서 사위로 이어지는 지어미 살상(殺傷)의 경로를 몰랐다. 신하의 차원에서 적서(嫡庶)로 갈라지는 골육상쟁의 경로를 그는 알 수가 없었다. 그가 열 수 있는 것은 그냥 대책 없는, 완고한 착함이 당하는 고통의 길뿐이었다. 햄릿이 난해를 받아들임으로써 고통 받는다면 그는 받아들이기를 거부함으로써 고통 받는다. 은혜를 입은 자가 뒤통수를 치고, 그는 길길이 뛴다. 이런 배은망덕한 놈들 같으니…. 그러나 그의 은혜가 없었다면 비극도 없었다. 그의 은혜는 과도기 은혜다. 역사는 그의 은혜를 입지만 그의 마지막 예상조차 빗나간다. 더 교활한 배반, 훨씬 더 복잡한 이해집산이 이어지고 교차되는 와중에 찬란하고 튼튼하고 완강한 미래가 탄생한다. 그는 여러 단계의 광증과 깨달음에 달하지만, 그것을 인정할 수 없었다.

《맥베스》는 운명의 정치학을 다루지만, 미학은 정치의 운명을 반영한다

스코틀랜드 왕 덩컨 휘하 장군 맥베스와 뱅쿼가 세 명의 마녀들을 만나고 마녀들은 맥베스가 코더 영주가 된 후 스코틀랜드 왕에 오르고, 뱅쿼는 자손이 왕가를 이룰 것이라고 예언한다. 그후 얼마 안 되어 정말 코더의 영주가 되자 맥베스는 나머지 예언도 믿게 된다. 맥베스가 부인에게 예언 내용을 말하자 맥베스 부인은 덩컨 왕을 죽일 계획을 짠다. 덩컨이 우리 성에 묵을 때…, 맥베스 부인은 그렇게 맥베스를 부추기고 맥베스는 덩컨을 죽인다. 맥더프가 그 사실을 알아채고, 덩컨 아들 맬컴과 도널베인은 외국으로 도망치고 그들이 살인자 누명을 쓰게 된다. 왕위에 오

른 맥베스는 마녀들의 예언을 두려워하며 뱅쿼를 암살하지만 뱅
쿼 아들은 피살을 면하고 뱅쿼 유령이 맥베스를 괴롭히고 맥베
스 부인은 죄의식 때문에 미쳐 간다. 맥더프가 맬컴 군대에 합류
했다는 소식을 듣고 맥베스는 맥더프 아내와 아이들을 학살한
다. 맥베스 부인은 숨을 거두고, 맥베스는 맥더프와의 전투에서
사망하고, 맬컴이 왕위에 오른다.

예언은 맞았는가, 안 맞았는가? 둘 다 아니다. '예언=운명'은 실
천되었다. 그게 정치의 비극적인 운명이다. '예언=운명'의 굴레
속에 맥베스의 정치적 음모, '정치=음모'는 누추하고 피비리다.
역사적으로 정치는 음모의 틀을 벗지 못했고 '정치=음모'는 누
추하고 피비린 틀을 벗지 못했다. (레닌의) 혁명도 혹시 그랬던
것 아닐까, 그렇게 질문 혹은 자문하는 시대에 우리는 살고 있
다. '맥베스'는 그렇게 정확히 셰익스피어 시대 인간이면서 '정
치=보편'적 인간이다. 피비린 남루가 찬란한 현실로 전화하는
과정이 진정 아름다울 때까지…. 그렇게 '정치=야만'이 극복될
때까지…. 《맥베스》는 (아이스킬로스-소포클레스) 연극의 기원
이, 곧장 정치화하는 현장을 보여준다.

《폭풍우》는 만년작이다

막이 오르면 프로스페로가 폭풍우를 일으킨다. 그는 밀라노의

적법한 공작이었으나 동생 안토니오에게 그 자리를 찬탈당하고 딸 미란다와 함께 바다로 내쫓긴 후 마법이 걸린 섬에 난파, 스스로 마법을 통달하고 마녀 시코락스한테 붙들려 있는 착한 정령 몇을 해방시켜 주고 그중 에어리엘을 하인으로 삼고 시코락스의 아들인 원시종족 칼리반을 노예로 삼은 터였고 폭풍우는 섬 앞을 지나던 안토니오 및 그의 찬탈을 부추겼던 나폴리 왕 알론소, 그의 아들 페르디난드와 신하들이 탄 배를 난파시키기 위한 거였다. 이방인들의 도착과 함께 섬에서 화해 과정이 시작되고 에어리엘은 일행을 해변으로 데려오지만 페르디난드만은 놓아주어, 아버지를 비롯한 모든 일행들이 그가 익사한 것으로 믿게 만들고, 프로스페로를 겨냥한 칼리반의 모반, 그리고 알론소를 겨냥한 안토니오의 모반 계획을 좌절시키고, 알론소는 아들의 죽음이 자신이 저지른 일 때문이라며 뉘우치고, 프로스페로는 시련을 통해 페르디난드가 미란다와 맺어지게 만들고, 모두를 화해시키고, 밀라노 공작으로 되돌아갈 채비를 한다.

참회와 용서를 매개로 갈등이, 인생과 심오한 화해를 통해 비극이 해결된다. 아니, 심오한 웃음의 철학으로 다스려진다. 더 중요한 것은 미학적 측면. 《겨울 이야기》와 《폭풍우》는 비극의 미학 자체를 너그러운 희극 세계의 틀로 삼는다. 특히 《폭풍우》는 연극예술가가 세상을 떠나며 남기는 연극예술의, 희망의 유언이다. 에어리엘은 창조적인 형상화 능력을 상징하고 인생은 꿈일지 모르고. 그러나 꿈은 예술의 상상력을 매개로 더 현실적이고 인생의 현실은 꿈을 낳으므로 더욱 가치가 있다…. 셰익스피어는 그렇게 마지막 위로와 감사의 말을 무대에 보내고 있다.《폭풍우》는 이후 숱한 예술 장르의 만년작, 아름다움의 나이로서 예술의 전범으로 작용하고 20세기 희극정신에 곧장 이어진다. 프로스페로가 돌아간다. 우리도 돌아간다. 위대한 셰익스피어 연극의 처음으로.

♣ 제임스 왕 판《성경》과 함께 영어가 민족어로 완성되는 데 결정적인 역할을 한 셰익스피어 희곡 문학은, 그렇기 때문에, '표현이 탄생하는 과정'을 숱하게 담고 있다. 번역은, 너무 매끄러운 운문을 피해, 그 과정의 맛을 살렸다. 셰익스피어 문학은 자연의 비유에서 인간의 비유로 넘어가는 대목을 흥미진진하게 보여 주지만, 그렇기 때문에, 비유 또한 너무 매끄럽게는 다듬지 않았다. '너무 매끄러움'은 인간 사회의 온갖 신분, 온갖 직업 및 분야의 현상, 상승 및 타락, 그리고 해체 과정을 셰익스피어 '당대적'으로 생생하게 보여 주는 광경을 놓치기 십상이고, 그렇게 되면 많은 것을 놓치는 것이다. 근대를 둘러싼 중세풍 '이전'과 현대풍 '이후'가, 일상성과 비극적 숭고, 그리고 희극성이, 교묘하게 살을 섞는 맛 또한 살리려 했다.

특히《햄릿》에서 빈번하게, '지구'는 셰익스피어 극이 공연되던 글로브('지구') 극장 자체를 가리킨다. 그렇게 극장은 세계다.

김정환

1954년 서울 출생. 서울대 영문과를 졸업했다.
1980년 《창작과 비평》에 '마포, 강변동네에서' 외 5편을 발표하면서 작품 활동을 시작했다.
시집 《지울 수 없는 노래》《하나의 이인무와 세 개의 일인무》《황색예수전》《회복기》
《좋은 꽃》《해방 서시》《우리 노동자》《기차에 대하여》《사랑, 피티》《희망의 나이》
《노래는 푸른 나무 붉은 잎》《텅 빈 극장》《순금의 기억》《김정환 시집 1980-1999》
《해가 뜨다》《하노이 서울 시편》《레닌의 노래》《드러남과 드러냄》 등 20여 권의 시집과,
소설 《파경과 광경》《세상 속으로》《그 후》《사랑의 생애》,
산문집 《발언집》《고유명사들의 공동체》《김정환의 할 말 안 할 말》,
평론집 《삶의 시, 해방의 문학》, 음악 교양서 《클래식은 내 친구》《내 영혼의 음악》,
문학 창작 방법론 《작가 지망생을 위한 창작 강의 일곱 장》,
역사 교양서 《상상하는 한국사》《20세기를 만든 사람들》《한국사 오디세이》 등이 있으며,
《더블린 사람들》《세익스피어 평전》 등을 번역했다.
2007년 제9회 백석 문학상을 수상했다.

폭풍우

Copyright ⓒ 김정환, 2008

첫판 1쇄 펴낸날 | 2008년 8월 1일
지은이 | 셰익스피어
옮긴이 | 김정환
펴낸이 | 박성규
펴낸곳 | 도서출판 아침이슬
등록 | 1999년 1월 9일(제10-1699호)
주소 | 서울시 마포구 합정동 411-2(121-886)
전화 | 02)332-6106
팩스 | 02)322-1740
이메일 | 21cmdew@hanmail.net
ISBN 978-89-88996-87-4 04840
ISBN 978-89-88996-82-9 (세트)
책값은 뒤표지에 있습니다.